U0116042

楊逸著

楊逸吟草

壬寅虎年端月
昌明文化栞本

荣誉证书

杨 逸先生：

国际汉学诗书画研究院

名誉院士

北京国学图书编著中心

国际汉学诗书画研究院

2011.6.中国·北京

國際漢學詩書畫研究院名譽院士榮譽證書

首届"盛典杯"新中国成立六十周年诗词书画大赛

《盛世中华·新中国成立六十周年颂诗大典》编委会

致获奖者函

尊敬的 杨逸 诗家、吟长：

1949年10月1日，中华人民共和国宣告成立，这是中国现代史上具有开天辟地意义的一件大事，标志着中国人民从鸦片战争以来为民族独立和自身解放进行的伟大的斗争终于在中国共产党的领导下取得了胜利。同时，中国结束了一个世纪以来半殖民地半封建的历史，成为一个真正独立、民主、统一的人民当家做主的国家，中国人民走上了建设社会主义、实现国家富强和民族振兴的光辉道路。新中国自成立六十周年以来，特别是改革开放以来，国家面貌发生了翻天覆地的变化。回顾建国六十年的历程，我们对作为一个中国人感到骄傲。

在各诗家及诗词组织的积极参与及支持下，首届"盛典杯"新中国六十华诞诗词书画大赛顺利地完成了征稿、初审及终审。您的大作经大赛组委会审定，成功地入选了《盛世中华·新中国建国六十周年颂诗大典》（见清样）。并由大赛评委会终审评定荣获 √ 金奖（ 银奖、 铜奖）[以打√为准]；并授予"共和国杰出诗人终身成就奖"荣誉勋章。在此谨向您表示祝贺，并对您的支持表示谢忱！

《盛世中華·新中國成立六十周年頌詩大典》金獎、
共和國傑出詩人終身成就獎

荣誉证书

先生：

在第二届“百杰杯”世界杰出华人百家诗词大赛中，荣获“一等”奖。授予“世界华人百杰诗词艺术家”荣誉称号。

特发此证，以示鼓励。

北京环宇图书编著中心
北京东方伯乐诗书画研究所
二00八年六月二十日

作者獲第二屆「百傑杯」世界傑出華人百家詩詞大賽「一等」獎，
並得「世界華人百傑詩詞藝術家」榮譽稱號之證書

荣誉证书

杨逸吟长：

您的作品在全球华文汉诗大赛中，荣获“特等奖”，授予“当代诗坛泰斗”荣誉称号，其作品入选在《传世孤本·千家诗选》一书中。感谢您为弘扬祖国传统文化，促进诗词艺术交流所作的贡献！

特发此证，以资鼓励。

北京国学图书编著中心

二〇一一年六月

作者獲第全球華文漢詩大賽「特等獎」，
並得「當代詩壇泰斗」榮譽稱號之證書

荣誉证书

杨 逸 先生：

鉴于您在全球华人艺术界所取得的杰出成就，以富于时代气息和艺术张力的作品，赢得了文学艺术界的广泛认同和赞誉，并对当代文学艺术的发展作出了重要贡献。经研究决定敦聘您担任世界杰出华人艺术家协会

终身名誉主席

特颁此证　以资鼓励

世界杰出华人艺术家协会
2011年9月 中国·北京

作者獲世界傑出華人藝術家協會「終身名譽主席」之榮譽證書

第三届"李杜杯"当代诗坛百家绝唱金榜集诗词大赛
《当代诗坛·百家绝唱金榜集》（第三卷）编委会
致获奖者函

尊敬的　杨逸　诗家、吟长：

您好！

第三届"李杜杯"当代诗坛百家绝唱金榜集大赛已成功落下帷幕，所选作品代表本人最高水平，堪称经典绝唱之佳作。意境深远，格调高雅，诗味浓郁。充分展示了海内外金榜诗词艺术家的风采。汇集了海内外金榜诗词艺术家诗词精品。

在各诗家及诗词组织的积极参与及支持下，此次《当代诗坛·百家绝唱金榜集》（第三卷）顺利地完成了征稿、初审及终审。您的大作成功地入选了（见清样）。并经大赛组委会终审评定：被评为 √金奖（　银奖、　铜奖）[以打√为准]；并授予"百杰金榜题名诗人"荣誉称号。在此谨向您表示祝贺，并对您的支持表示谢忱！

第三屆「李杜杯」當代詩壇百家絕唱金榜集詩詞大賽

遙寄宗兄楊逸詩家　楊永超

弘農宗系締深情，愧隔重洋未識荊。鄉夢期隨春意永，寄思偏向柳絲縈；
爐峰商會傾心力，梓里襟懷抒玉聲。秉燭殷勤揮彩筆，年年共把硯田耕。

贈鄉賢楊逸詩家　廣東楊永可

其一

文山學海善犁耕，早在香江有大成。手遣閒愁千里遠，心縈勤奮萬尋情；
詩腸錦繡經綸吐，椽筆遒豪翰墨馨。茂實英名才氣博，春風棠棣振家聲。

其二

時屆中秋菊正黃，編書有約得華章。删繁似竹經霜勁，凝粹如花沾露香；
磊落胸襟滄海闊，崇高品德雪梅芳。河山錦繡欣明麗，夢筆堪同歲序狂。

贈宗侄楊瑞忠　廣東楊永可

曾在故鄉同苦耕，淋漓汗水締眞情。各奔生計惦牽烈，久歷滄桑心跡馨；
畫重寫神方顯貴，詩先適意始求精。梅魂竹節渾須記，磊落人生一盞燈。

題楊逸吟草　楊永漢

其一

老去豪情不肯減，茵溷世局待鍼砭。可憐三日香江雨，難息文章字字炎！

其二

娑婆游弋感連綿，容我詩狂舞筆篇。早知風雨摧蟬響，猶把清歌唱徹天！

序

余少年時，已喜詩詞，惜遊走於陶朱、猗頓之地，日繫於錙銖之數，幾無諷誦詩詞之暇。雖云「農不出則乏食，工不出則乏事，商不出則三寶絕」，仍期期可以引退者也。時如逝水，吾自耳順慶生之後，豪氣銷磨，即生退休之念，自是和光同塵，醉於鏤玉雕瓊，裁章剪句之境。雖無鬼神驚泣之句，尚存清歌日月之章。是以遊歷山川，卷霧挹霞，頌蒼穹之奇偉；鼓箏振版，傷人事之茫然，倦倦然又二十年矣。回首壚峰，曩者長袖善舞，酬酢晨昏，今宵獨酌提杯，愴然孤寂，發而爲心聲，以史諷今。寄懷雖不遠，亦一舒吾胸臆；其次游歷山河大地，見景而觸懷，覺今是而昨非；鄉誼隆情，老友後生，互相唱酬者自得其樂，所詠得句，別爲和光集。近者，香江動盪，社會分離，瘟疫流行，忽覺人道也者，無非地獄境，皆悒鬱無所處，舉目思遠，只無言涕下。余雖已過從心之年，仍滿腔抑憤，熱血不寒，所得句，別爲同塵集，以記近事，非圖翰墨之業，實煩悁之情無所渲發之故，別留心志而已。篇末存拙詞若干首，用以記吾情懷耳。吾弟永漢博士嘗欲爲余出版專集，以流於世，拈韻詠諷，自覺無用於世，愧甚而不應。是年吾弟主動聯絡出版社，盛意拳拳，感吾弟之熱情，勉而爲之。集中所刊書畫，均出自宗侄楊瑞忠手，謹此再謝。剞劂之日，爲序記吾意也。

辛丑小雪楊逸序於香江

目次

贈詩 ………… 一
遙寄宗兄楊逸詩家　楊永超 ………… 一
贈鄉賢楊逸詩家二首　廣東楊永可 ………… 一
贈宗侄楊瑞忠　廣東楊永可 ………… 二
題楊逸吟草二首　楊永漢 ………… 二

序 ………… 五

和光集 ………… 一
讀史有感四十事 ………… 一
一　屈原四首 ………… 一
二　妲己 ………… 一
三　西施二首 ………… 二
四　秦始皇 ………… 二
五　劉邦二首 ………… 二
六　項羽四首 ………… 二
七　蘇武 ………… 三
八　王昭君二首 ………… 三
九　劉關張 ………… 四
十　諸葛亮 ………… 四
十一　周瑜 ………… 四
十二　赤壁 ………… 四
十三　貂蟬 ………… 四
十四　武則天 ………… 五
十五　楊貴妃 ………… 五
十六　李白 ………… 五
十七　杜甫 ………… 五
十八　包拯 ………… 五
十九　岳飛 ………… 五
二十　文天祥三首 ………… 五
二一　朱元璋二首 ………… 六
二二　林則徐 ………… 六
二三　甲午年 ………… 六
二四　孫中山先生二首 ………… 七
二五　宋慶齡女士 ………… 七
二六　宋美齡女士 ………… 七
二七　何香凝 ………… 七

目次

二八　陳香梅……七
二九　蔣中正……八
三十　張學良……八
三一　陳炯明六首……八
三二　盧溝橋……九
三三　八年抗戰……九
三四　東江縱隊二首……九
三五　蔣經國……一〇
三六　馬思聰二首……一〇
三七　周樹人三首……一〇
三八　張學良三首……一一
三九　錢學森二首……一一
四十　許家屯……一一
悼保釣英雄陳毓祥……一二
詩……一二
一行詩……一二
又一年……一二
官場現形記……一二
徐志摩……一三
名利……一三
風送滕王閣……一三
枉白頭……一三
香港海豐商會四首……一三
海豐名人錄……一四
泱泱兮古國……一四
無奈……一四
濃淡兩相宜……一四
醉……一五
上臺與落幕……一五
滄桑事……一五
風雲……一五
玄術……一五
生計……一五
贈陳宏書記……一五
重登長城……一六
淚不乾……一六
山窮水盡……一六
回歸古風一首……一六
慶回歸……一七
香港陷於敵……一七
殖民地人生……一七
英雄漢……一七
展新天……一七
紫荊園……一七
古風一首……一七
世騰來電賀新歲以詩勉之……一八

星展全體股東共勉……一八
寂寞客……一八
百年彈指事……一八
干戈……一八
縣府春茗……一八
詩勉五弟永漢博士二首……一九
其一……一九
詠五弟永漢校長博士……一九
辛巳年詩作……一九
一　哀哉！崛起……一九
二　駭聞……一九
戰士遲暮時二首……一九
童乞……二〇
兄弟鬩牆……二〇
六秩革命章……二〇
六十年滄桑……二〇
轉眼百年……二一
臺海和平……二一
當年……二一
歡聞故鄉重建校園……二一
連戰訪內地融冰之旅二首……二一
癸未（二零零三）年疫症五首……二二
宋楚瑜（二零零五年）大陸行二首……二三
新貴……二三
釣魚臺四首……二三
海疆……二四
指點乾坤……二四
東方明珠……二四
回歸後感……二四
花瓶……二四
除夕二首……二五
浮生……二五
春節……二五
醉看人間……二五
餘生……二六
惠州西湖……二六
紅土地……二六
紅宮……二六
贈楊永超詩家二首……二六
贈楊永可詩家二首……二六
改朝……二七
反貪……二七
傳媒第四權……二七
明哲……二七
諍言……二七
風格……二八

目次

自欺欺人……二八
奧運感懷……二八
神七……二八
中華健兒……二八
中印邊境……二八
保海疆……二八
中國太空船二首……二九
宿敵……二九
知恥……二九
海峽……二九
臺海……二九
釋嫌……三〇
反篡改歷史……三〇
家仇國恨……三〇
民族罪人……三〇
榮與辱……三〇
成與敗……三〇
江郎……三一
佛法……三一
佛理……三一
汕尾鳳山媽祖……三一
美東媽祖……三一
西社媽祖……三一
匆匆過……三一
大觀園……三二
重游白天鵝……三二
潮州韓文公祠……三二
陸豐定光寺……三二
陸豐玄山佛祖……三二
陸豐玄武山……三二
海陸豐游……三二
陸豐市……三三
海陸豐人……三三
城區政府……三三
陸河縣……三三
詠海豐……三三
海豐人……三三
海豐俠客……三四
海豐一傑三首……三四
海豐縣政府……三四
海南游……三四
海角天涯……三五
三龍灘……三五
香港海豐商會貴州游六首……三五
香港海豐商會六首……三六
香港陸豐同鄉會三首……三七

香港海豐同鄉會……三七
北京行二首……三八
上海灘二首……三八
青島遊二首……三八
天涯共此時……三九
鵲橋誤度……三九
聚散……三九
曲終人散……三九
夕陽……三九
盛筵……四〇
萬福居……四〇
心聲……四〇
香港汕尾市同鄉總會……四〇
汕尾革命烈士……四〇
詠香港汕尾市同鄉總會文化藝術協會二首……四一
詠劉煥詩翁……四一
劉煥詩、黃寶蓮賢伉儷……四一
贈陳文清會長……四一
中國華倫……四一
贈陳慶梓理事長……四二
贈吳華江常務副理事長……四二
贈香港汕尾市同鄉總會秘書長陳君銳……四二
贈林詩文名譽會長……四二
贈黃頌秘書長……四二
和陳君銳先生《紅花漫遍海豐城》……四二
贈香港汕尾市同鄉總會義務法律顧問梁美芬博士……四三
贈劉黃寶蓮女士……四三
贈劉燠詩永遠榮譽會長二首……四三
贈陳動光會長……四三
贈王盛華監事長……四四
贈王錦泉永遠名譽會長……四四
贈楊萬里副會長……四四
贈黃俊新名譽會長……四四
贈張家偉律師法律顧問……四四
贈劉大潛律師法律顧問……四四
贈陳峰常務副監事長……四四
贈黃一唯名譽會長……四五
贈吳榮東副會長……四五
贈鍾大會名譽會長……四五
贈曾憲鑑主任……四五
贈林春華秘書長……四五
贈林少釵副會長……四五
贈林廷翰副會長……四五
贈惠海陸同鄉會鄺世來主席……四六
贈陳玉芹副會長……四六

贈蔡傑如副會長……四六
贈楊金炎副會長……四六
贈黃瑞厚秘書長……四六
贈邱仁鴻副主任……四六
贈王雲山副會長……四六
考察團顧問陳君銳先生……四七
贈柳成蔭副書記……四七
贈陳熱義理事長……四七
贈林家邁監事長……四七
贈羅水祝副理事長……四七
讀《海豐文學》主編余遠鑒詩家……四七
讀楊永可詩家《三合土集》二首……四七
里中人……四八
狂瀾……四八
海城度歲感賦二首……四八
海城之夜……四八
悼蔡魯永遠榮譽會長二首……四九
悼林馬小琴會長……四九
悼王雲山副會長……四九
女兒二首……五〇
老……五〇

同塵集

同塵集……五三
苦匆匆……五三
魚宴……五三
贈友……五三
閱魯書有感二首……五三
朱鎔基總理……五四
四川地震……五四
世事難測……五四
國際名城……五四
奇葩……五四
血為箋……五五
肝膽……五五
牛鬼蛇神……五五
名利客二首……五五
酒一杯……五五
早與遲……五六
謝倉兜中心小學慨捐人士……五六
贈陳偉佳博士……五六
中國夢三首……五六
賀陳偉佳博士華誕……五七
古稀人……五七
吾生……五七

丹砂……五七
未了緣……五七
空滿紙……五八
平生……五八
寒夜……五八
慧萍與我……五八
夜月悠悠……五八
更難期……五八
曇花……五九
無題……五九
一首詩……五九
賢愚二首……五九
禍民……五九
憶君銳……六〇
時命也……六〇
往事未如烟三首……六〇
太匆匆二首……六〇
老懷……六一
無題二首……六一
一死難……六一
人間一老兒……六一
奇女子狄娜……六一
伊利莎白泰萊……六二
瑪嘉烈公主……六二
思念人去後……六二
騷海……六二
讀書樂……六二
苦匆匆……六二
除夕……六二
荔枝二首……六三
諸友購墓地……六三
錦綉未央劇……六三
際遇……六三
豎子……六三
人中鬼……六四
諸賢姪誠邀茶敘有感……六四
往事成追憶……六四
東流去……六四
除夕……六四
文壇一小丑五首……六四
民主鬥士……六五
查良鏞……六五
陳詠梅……六五
亂世情……六六
摯友……六六
憶文革……六六

逃亡記二首……六六
亡國恨……六六
千古罪人……六七
自毀長城……六七
帝王無仁義……六七
河山凝碧血……六七
野心家……六七
政治二首……六七
悟道……六八
弱肉強食……六八
胡秀英教授……六八
除夕……六九
傲骨……六九
新仇舊恨……六九
朴槿惠……六九
小人得志……六九
維權律師二首……六九
威何在……七〇
禍眾生……七〇
沽名……七〇
成追憶……七〇
神州……七〇
紀念辛亥革命百周年慶二首……七〇
緣……七一
倉兜鄉賢古風一首……七一
放逐人……七一
夕陽紅……七二
陳納德……七二
空自許……七二
司徒華二首……七二
文壇多恩怨……七二
夢二首……七三
奴才二首……七三
人情冷暖……七三
夜郎人……七四
司令員……七四
張家偉律師……七四
向華炎會長……七四
看風駛艃……七四
甲午年四首……七四
大法官……七五
蘭桂坊……七五
上揚州……七五
赤壁懷古賦……七五
英雄何價二首……七六
沐猴盡戴冠……七六

目次

魑魅二首……七六
妓官・諷台官……七七
和尚頭……七七
自欺欺人……七七
反貪……七七
天九潛龍……七七
香港古風一首……七七
政治……七八
貪官……七八
神州事……七八
天堂遊……七八
地獄遊……七八
天上人間……七九
中俄……七九
訪民二首……七九
星星火……七九
《南周》……七九
陳光誠……八〇
李旺揚……八〇
年復年……八〇
浮生若夢……八〇
海城八首……八〇
贈亦愚兄……八一
贈傑兄……八二
無題三首……八二
故友二首……八二
傖夫……八三
冷眼……八三
香港人精神……八三
受辱……八三
過客三首……八四
前世定……八四
平權……八四
言猶在……八四
名利客……八四
革命大同盟二首……八四
無題……八五
盡醉二首……八五
小丑幻想曲……八五
詩……八五
半壁河山……八五
城管二首……八六
禍國……八六
今日的神州……八六
何從去……八六
真英雄……八六

目次

冷眼客……八七
登臺二首……八七
幻想曲……八七
李國能法官……八七
全球華人保釣……八八
豈無疑……八八
神州點滴二首……八八
博士二首……八八
滿盤皆落索二首……八九
政黨……八九
歲月……八九
非吳下阿蒙……八九
就職禮有感二首……八九
兩茫茫……九〇
今昔三首……九〇
海豐人今昔……九〇
塚中人……九一
勢利多面觀……九一
夢……九一
俄國風光……九一
日本……九一
小丑前原……九二
大使二首……九二
上訪……九二
打小人習俗二首……九二
小賭可貽情……九三
蔣嘉琦二首……九三
上將策二首……九三
八百壯士死守四行倉庫二首……九四
奸假非訛事……九四
風滿樓……九四
辛亥革命百周年二首……九四
今日中國……九五
抗日英雄……九五
莫忘思……九五
戰士遲暮二首……九五
飲者樂……九六
夢中圓……九六
紀念杜甫誕生千三百年……九六
海陸豐人地……九六
忘戰必危……九六
匹夫有責……九七
今日中華（寫於二零零六年）……九七
豁出去……九七
民族情……九七
民族吟……九七

功名……九八
保釣頌……九八
美日同掉臉二首……九八
嚼舌頭……九八
權錢……九八
惡倭奴……九九
日本前原誠司三首……九九
狼……九九
血斑斑二首……九九
神州多災難……一〇〇
臥薪嘗膽……一〇〇
中華魂……一〇〇
香港汕尾市同鄉總會二首……一〇〇
河山誰長擁……一〇一
沙場白骨……一〇一
興亡史……一〇一
國慶二首……一〇一
白齒狼二首……一〇二
欄王悲不再……一〇二
浮名……一〇二
蟾宮……一〇二
兒孫謀……一〇三
父母心……一〇三
八旬翁……一〇三
百載二首……一〇三
狂且……一〇三
古今兩同悲……一〇四
枉好詩二首……一〇四
九州民……一〇四
巧相逢……一〇四
東方巨龍……一〇四
憶甲午……一〇五
八國聯軍……一〇五
黃海二首……一〇五
汕尾香港文壇……一〇五
汕尾香港詩詞學社衷謝作者惠稿……一〇六
衷謝李文斌將軍墨寶……一〇六
陳君銳先生……一〇六
蔣中正……一〇六
殲敵……一〇六
汕尾日報社長王萬然名著《拍磚》集二首……一〇六
真人傑……一〇七
戍疆逐北……一〇七
危機意識……一〇七
楊永可詩家雅囑為其新作賦詩二首……一〇七
導遊二首……一〇八

目次

末世情……一〇八
憔悴……一〇八
白了頭……一〇八
悔……一〇九
陶醉……一〇九
古長沙二首……一〇九
黃鶴樓……一〇九
岳陽樓……一〇九
昌黎縣詩詞學會成立五十周年二首……一〇九
離愁二首……一一〇
人間世二首……一一〇
白眼二首……一一一
哀哉！文壇二首……一一一
冷暖人情……一一一
仁義……一一一
古道人二首……一一二
神女三首……一一二
今非昔……一一二
一統夢……一一三
過客三首……一一三
良朋……一一三
太監……一一三
上訪……一一四
艾未未……一一四
中華大地三首……一一四
北社村……一一四
虛名輩……一一五
黃臺之瓜……一一五
憶文革……一一五
逃亡記二首……一一五
枉得農地……一一五
毒奶粉二首……一一六
哀大地神州……一一六
夕陽紅……一一六
石頭記……一一六
乞憐……一一六
懷故友二首……一一七
時也二首……一一七
樊籠……一一八
光怪陸……一一八
四野……一一八
海峽兩岸二首……一一八
主浮沉……一一九
美日兩人魔……一一九
美日一家親……一一九
汕尾關帝君……一一九

賀大德媽祖廟擴建誌慶三首……一一九
故鄉古廟……一二〇
童年故宅……一二〇
中華兒女……一二〇
關鍵時刻……一二〇
窮途……一二〇
人生苦短……一二一
老……一二一
今日美國二首……一二一
古喻今……一二一
論政……一二二
兩岸……一二二
革命……一二二
際遇……一二二
緣未了……一二二
功名是非……一二二
滿城風雨……一二三
何事走天涯……一二三
孰輕重……一二三
憶友……一二三
楊逸詩餘……一二三
憶江南……一二三
憶江南　空餘恨……一二三
浪淘沙　人生……一二四
鷓鴣天　貴妃……一二四
浣溪沙　異鄉客……一二四
菩薩蠻　彭大將軍……一二四
鷓鴣天　陳君銳……一二四
鷓鴣天　香港廣東汕尾市同鄉總會……一二五
蝶戀花　詠汕尾……一二五
附　對聯……一二五
贈陳君銳會長聯……一二五
贈香港墨魚大王黃俊新先生聯……一二五
贈曾憲鑑主任聯……一二六
贈連家生書法家聯……一二六
贈林大坤畫家聯……一二六
贈莫憂書法家聯……一二六
贈黃梅芳女士聯二聯……一二六
賀余遠鑒《海陸風光》付梓聯……一二七
對聯偶賦……一二七
跋……一二九
附錄……一三〇

讀史有感四十事

一　屈原

其一

一代良臣終枉死，糉投江上獨憐君。才華殊眾悲招妒，萬古沉冤不忍聞！

其二

端陽鑼鼓惹遐思，我吊江頭不勝悲；靖國匡民天任事，憐君未竟死先辭！

其三

歡赴城河賞競舟，屈原身世使人愁。忠良自古多冤死，奸險由來出寵流；

其四

敝屣利名非妄薄，直題青史也終休。獨領風騷端陽日，豈若閒雲樂且悠！

屈子忠心江上死，擅籌商鞅馬分屍。成王敗寇堪回味，佛法無邊度可期。

二　妲己

蛇蝎美人爲妲己，凶殘助紂史長論。從來暴政終泯滅，失卻天心豈久存？

三 西施

其一

一顰一笑傾城國，長使夫差醉若狂。自古美人皆禍水！由來豪傑葬柔鄉。

其二

朝爲浣女夕王妃，獨有西施得此機。自古美人誰不慕，劇憐姊妹不同歸。

四 秦始皇

焚書犯錯復坑儒，兇狠秦皇罪可誅。萬世承傳空幻夢，未逾廿載已嗚呼！

五 劉邦

其一

一戰功成萬骨枯，準隆高祖九州扶。權傾天下終何用？身後妃兒盡受誅。

其二

牛郎一躍帝皇身，高唱風歌傲梓親。取得江山時不予，傷心最是戚夫人！

六 項羽

其一

生涯最苦錯中過，溯憶范增淚若沱。坐失良機縱宿敵，此時悔恨奈誰何？

其二

統領八千驍鐵騎，揚威耀武伐秦師。勢如破竹驚神鬼，聲若洪鐘懾敵夷。

其三

方見將軍威武氣，陡聞戰馬嘯聲悲。時來風送滕王閣，運去雷轟薦福碑。

其四

鴻門席上會群雄，舞劍茫然看沛公。苦煞范增呼豎子，良機一失恨無窮。

今非昔日渾無覺，猶戀春風得意時。乍聽楚歌來四面，烏江刎頸別虞姬。

七 蘇武

出使匈奴是壯年，無端作質困胡天。心縈大漢何辭死，異族功名一縷烟。

八 王昭君

其一

昭君出塞爲江山，一曲琵琶俱淚彈。關外生涯誰解苦？遙思故國竹斑斕！

其二

無情帝子有情天，一曲琵琶萬古傳。巾幗英雄成往事，胡崗青塚伴愁眠。

九　劉關張

桃園結義群英會，誓死同心闖漢中。北望曹軍騰殺氣，東觀吳國湧長虹。

硝煙四起綿綿火，戰鼓三催處處攻。最是乾坤終難改，魏朝晉滅恨無窮。

十　諸葛亮

諸葛悠然搖羽扇，周瑜司馬俱低頭。若非幼主難成器，大漢江山早復修。

十一　周瑜

臨風玉樹數周瑜，頓使小喬許相濡。慨嘆英雄何氣短？未曾終戰命嗚乎！

十二　赤壁

魏軍浩蕩江南去，赤壁驟添譎詭箋；將士請纓求一戰，周郎火陣毀千船。

尸横遍野干戈後，敗瓦盈城置眼前。昔日沙場成古迹，而今憑弔已茫然！

十三　貂蟬

貂蟬國色復天香！董卓痴迷誼子狂。兄弟相煎猶太急，爲情弑父更荒唐。

十四　武則天

肆無忌憚武才人，膽色非凡繫一身。開創先河稱女帝，二宗悔戀篡朝臣。

十五　楊貴妃

傾國傾城一貴妃，天生麗質世長菲。祿山謀反緣涎色，郎舅胡爲犯法規。

十六　李白

地暗天昏朝政潰，神人共憤事堪欷。六軍不發終何奈？絕代嵬坡埋是非！

大唐盛世重吟風，李白才華孰與同？詩國縱橫空絕後，古今皆仰謫仙翁！

十七　杜甫

終生無飽飯，甘苦爲名節。絕代聖賢人，誰能延大哲？

十八　包拯

爲官廉耿知誰是？包拯堪稱第一人。執法如山驚四海，王親國戚也須遵。

十九　岳飛

義勇將軍是岳飛，金兵敗北勢瀕危。若非秦檜行詭詔，直搗黃龍尙有誰？

二十　文天祥

其一

丹心碧血一良臣，爲國爲民罔顧身。宋代江山隨水逝，文公正氣世長燐！

其二

五坡嶺上弔孤忠，遺像分明不世同。方飯千秋成史教，君臣一體逝流東。

其三

五坡烈史昭今古，方飯亭中感慨多。古蹟登臨成一快，文公氣魄化長歌。

二一　朱元璋

其一

元璋雖是卑微物，勇逐蠻蒙立大功。濫殺無辜人詬病，不虧亂世一梟雄。

其二

寸光鼠目豈才華，附驥揚名不足誇。獨有胸懷能服眾，斷無小丑可成家。

二二　林則徐

焚燒鴉片引成災，割地賠錢剜肉來。果斷英明誠絕吏，奈何弱國外交哀！

二三　甲午年

甲午賠償爲國耻，後人切記戴天仇。厲兵秣馬期來日，斬盡奴魔恨始休！

二四　孫中山先生

其一

辛亥變天成偉業，才華出眾繫伊人。百年身後情歸寂，千載英名日月新。

其二

帝制推翻正義伸，三民學說最傳神。西征北伐爲中統，親善睦鄰愛世人；
五族共和昭日月，分權鼎立映天諄。英雄磊落堪欽仰，鼠輩違綱齷齪身。

二五　宋慶齡女士

獨憐君子緣淵博，歷盡滄桑共締盟，一代天驕唯國是，千秋事業富孺情！

二六　宋美齡女士

白宮演講富傳奇，絕代才華舉世知。救國唯憑三寸舌，一生功績傲鬚眉。

二七　何香凝

香凝不愧才情女，畫藝猶工載口碑。勇對時危驚虎豹，懾人正氣最宜師。

二八　陳香梅

風華絕代女才人，兩地三情最費神。一統橋樑功在國，香梅慕煞漢男身。

二九　蔣中正

錦綉河山旗易日，英雄蓋世作何思？當年若是當機斷，華夏應無劫難時。

三十　張學良

學良本是紈袴子，日寇來侵舞正甘。禍國殃民為極惡，是非平論在人心。

三一　陳炯明

其一

伐罪弔民懷志士，雄姿馬上一俊才。持廉守正身先潔，德行巍巍若君來。

其二

人事權爭自古哀，痛失良機飲恨歸。世譴炮轟中山艦，從無佐據證誰非。

其三

忠貞為國復為鄉，莫須有罪古今傷。燕然勒名功未竟，紫薇長埋倍滄茫。

其四

驃騎本是秀才郎，伐虐拯民破浪檣。公正嚴明誰可比？堪稱近代一賢良。

其五

故里龍津騰巨浪，江山半壁震乾坤。是非當日孫無覺，錯對而今眾有論；

其六

報國難伸生飲恨，拯民未竟死銷魂。紫薇山上英靈地，天籟憐賢不忍冤！
當年禍事鬧殷殷，各說衷情那作眞？無復董孤添史拗，英雄已故淚猶新！

三二　盧溝橋

倭奴挑釁盧溝橋，國耻千秋豈易消？民族精神長不泯，強邦雪恨誦心潮。

三三　八年抗戰

八年抗戰艱辛史，一談無人不淚垂。血濺南京心隱痛，屍橫遍野腹含悲。
同胞命賤如芻狗，宿敵兇殘似惡魑。黃帝兒孫須緊記，家仇國恨莫忘思。

三四　東江縱隊

其一

東江縱隊一雄師，逐戰倭奴似擠枯。誰道中華非勇族？無辭萬死復疆圖。

其二

東江縱隊是雄軍，宿敵聞風覓路奔。衛國匡民輕一死，中華恒存紀英雄。

三五　蔣經國

打腐鞭貪人喪膽，令移黨禁眾稱觴！不遺餘力歌民主，身故台胞哭斷腸！

三六　馬思聰

其一

樂壇駭世出奇才，去國離家事可哀。聲藝巔峰誰與比？琴弦一動起風雷。

其二

棄國猶悲易水寒，思鄉一曲證心丹！名垂宇宙題青史，緣盡人間韻續彈！

三七　周樹人

其一

君家才華曠古今，椽亮如戮剜奸心。貪官文痞皆寒膽，長懾周公正氣吟。

其二

魯迅文章呼愛國，高風亮節誨來人。謠傳此道終難再，為抑憤青反暴秦。

其三

魯迅雄才睿智身，文章傳世最堪珍。東坡且怨聰明誤，何物無知自大人。

三八　張學良

其一

禍首無疑是學良，優柔寡斷最悲傷。西安事變終殃國，草莽匹夫罪該戕。

其二

豎子風流張少帥，渾忘國難舞連場。倭奴犯境終無抗，誤我中華八載殤。

其三

大錯鑄成悔已遲，學良身死罪難辭。西安一事存心跡，華夏難逃萬劫時。

三九　錢學森

其一

科研拔萃建奇功，錢老堪稱蓋世雄。核武當前誰敢侮？神州從此笑春風！

其二

赤子胸懷不簡單，錢翁立志更超凡。一生爲國渾無己，長使貪官盡汗顏！

四十　許家屯

回眸六四憶家屯，棄國悲情廿九春。長念天安莘子案，難忘苛政虐黎民；
痛心疾首登文滙，仗義執言出當仁。一息尚存懷己國，高齡九九望歸人。

悼保釣英雄陳毓祥

抗侵東海笛長鳴，吹斷纏綿閣裏情。賢婦催夫驅宿敵，良人豈吝壯懷行。
喜聞僑族心歸漢，萬恐無辭奮請纓。棄愛捨生爲祖國，千秋史冊記君名。

詩

海納百川俱細流，陸連萬軌貫神州。風騷獨領名猶遠，光耀乾坤喜氣悠！

一行詩

蒼茫宇宙無終極，人世百年有竟時。幾許豪雄身後寂，豈如李杜一行詩？

又一年

簷前孤影燕，異域自傷憐。臘鼓催時逝，浪遊夜獨眠；
玉人未許嫁，霜髮接新年。世缺長生藥，誰能不老天？

官場現形記

難知唯宦海，休問沉浮因。桃李欣依舊，面目卻全新。

春風似識相，梅雨愁煞人。冠蓋多袍澤，誰顧百年身？

徐志摩

天涯孤客誰相識？空有才華志不申。塵世原爲名利地，佛門猶喜廟堂人。

名利

滾滾紅塵勢利圈，情仇恩怨火連天。功成一戰皆鮮血，萬種風騷盡化煙！

風送滕王閣

時來風送滕王閣，運去雷轟薦福碑。憔悴風騷休記取，一生瀟灑讀書詩。

枉白頭

槐夢風霜六十秋，如煙往事憶難休。虛名贏得方知苦，壁立家徒始覺憂；駑馬勤勞傷隱去，孤身惆悵看東流。重來崔護悲無日，老去桃花枉白頭！

香港海豐商會四首

一

營商納賈結鄉情，使命艱難我勇承。悠悠廿載無辭怨，贏得人間不朽名。

二

商會壽辰誕廿年，鄉賢雅聚勝神仙！同心同德同爲善，大業千秋映地天。

三

耕耘廿載歷滄桑，喜見商名日日昌。萬古無辭栽後輩，採花應念種花忙。

四

廿載營營苦力耘，鄉商喚醒中華魂。無須怨懼風雲惡，且看乾坤我獨尊！

海豐名人錄

炯明廉政聞遐邇，彭湃紅場築小科。仕祿旭華潛核父，海豐人物俱堪歌！

泱泱兮古國

正茂風華天下臨，群賢博愛眾民心。炎黃後裔誠龍種，不必長歌粱甫吟！

無奈

龍鍾潦倒倍辛勞，手挽殘包負缺刀。際此艱時誰肯讓，一分功利已成糟。

寄人簷下眞無奈，超越尋常感自豪。叱吒從前餘曲水，病軀衍恨淚如滔！

濃淡兩相宜

海角識荊喜可知，君詩濃淡兩相宜。滿園桃李春承雨，阿堵歡然共疾馳。

醉

不求顯赫不求錢，瀟灑爲文別有天。忘卻悲歡離合事，乾坤醉看是詩仙。

上臺與落幕

登台盡見歡容臉，落幕方知寂寞蘊。喜事風騷共取樂，艱途憔悴總銷魂！

滄桑事

花開花落復年年，數度回眸見暮天。歷盡滄桑今古事，痲姑長日自愴然！

風雲

凜然正氣群邪懾，眼裡乾坤屬中華。孰料風雲顏色變，誰堪富貴似曇花？

玄術

人生七十古稀翁，盡歷枯榮苦樂中。世上幾人通五術？贏輸二字論英雄。

生計

生計瀕亡苦自知，良朋送暖感自悲！老驁伏櫪奔千里，再起東山總難期！

贈陳宏書記

書記憐才恭請命，勁呼捐獻援貧生。熱心商賈紛慷慨，關愛平民起激情。

行善惟求修德性，濟人非為釣浮名，莘莘學子寧無感？他日成材憶梓耕。

重登長城

名利由來等閒看，尊嚴當與太山參。庸人白眼欺吾老，再上長城願始甘。

淚不乾

亂世時逢衰氣勢，年華老去亦心殘。人間近暮難償願，恨悔蹉跎淚不乾！

山窮水盡

山窮水盡倉皇極，垂老何堪聽諷呵！慨歎人間多勢利，復憐富貴似風過！

回歸古風一首

明珠淪落百餘年，失散感受不堪言。魍魎良知強凌弱，人間公道竟蕩然。
虧我中華英雄種，光復疆土慶團圓。縱眼乾坤誰獨大，神州終見出頭天。
百年歷劫一奇葩，追惜古人似芥麻。胡塵簷下無民主，蠻夷統治且壓華。
而今一國行二制，重憲精神最堪誇。休問麻姑滄海事，香江終古無怨嗟。
名城紫荊膺市花，萬眾一心愛己家。國際都會傳經典，購物天堂海港霞。
金融風騷我獨領，貿易樞紐舉世譁。九省二區連道網，明珠歸後共酒茶。

慶回歸

漫天煙火慶回歸，小島如今屬九畿。夜雨滂沱清國恥，交馳雷電再騰飛。

香港陷於敵

明珠淪落百餘年，失散感受不堪詮。可恥蠻夷恣意奪，人間道義兩茫然！

殖民地人生

百年浩劫一奇葩，殖地人生似芥麻。合蒲珠還同普慶，鋪天旗海迎中華！

英雄漢

吾邦代有英雄漢，收復失疆慶凱旋。縱眼乾坤誰獨大？中華終見出頭天！

展新天

潛藏心事幾經年，今日偷閒寫腹篇。逐彼胡兒除舊貌，明珠從此展新天。

紫荊園

世無倫比紫荊園，水綠山青映碧天。都會繽紛人自醉，潮流獨領情千千。

古風一首

中原治國人稱善，臺政親民盡粹躬。趕美超英非夢幻，創新立異幾能同？

東洋挑釁釣魚島，西霸欺凌海峽恫。百載韶光駒過隙，一題青史世長崇。
貪官污吏宜深省，失卻河山富亦窮！

世騰來電賀新歲以詩勉之

良相學優能治國，神奇名醫起沈痾。望聞問切驕扁鵲，診術回春傲華陀。

星展全體股東共勉

江山代出高才俊，惆悵風騷盡落暉。堪慰英雄肝膽照，歡看豪傑出寒扉。

寂寞客

書山欲上寸難移，學海無涯苦煞思。我本尋常寂寥客，駕舟泛處有良師。

百年彈指事

百年彈指俄兒過，一統神州未見期。廉藺釋嫌爲攘外，鬩牆兄弟事堪悲。

干戈

不息烽煙嘆奈何，幾多豪傑葬干戈。誰言裂土能民主，將剮千刀未算多！

縣府春茗

衙門歡宴英雄聚，除卻衣冠尚敬誰。爲怕官場翻白眼，舊醅獨飲少悲哀！

詩勉五弟永漢博士二首

其一

月有盈虧花易謝，相機立萬莫遲疑。我家幸有眞才子，化善爲懷學孔思！

詠五弟永漢校長博士

人喜一家皆富貴，我欣舍弟是書癡。手持古著晨昏閱，口頌名言逐句釐；

作育英才無剩力，苦呼德性有繁辭。謙恭處世心常泰，治學精神最可怡！

辛巳年詩作

一　哀哉！崛起

越菲耀武欲風波，譏我三軍怯動戈。南海喪礁兄弟泣，北方割地敵人呵。

公安變作兇民器，庶眾羞聞義勇歌。婊子煮茶誇崛起，布衣執筆費吟哦。

二　駭聞

神州觸目倍驚心，訊息駭聞感更深。民怨難疏趨沸點，世情冷漠引寒襟。

富官二代無良品，百姓一方有反音。逼上梁山爲好漢，仁人志士起龍吟！

戰士遲暮時

其一

不讓鬚眉一女娃，當年抗敵保中華，而今老去成孤寡，淚灑公園看落霞。

其二

抗日無須分國共，衛疆一族爲中華。顧今師老功難再，行乞坊間百姓家。

童乞

拐童遭虐變殘軀，受控街頭乞佈施。骨肉分離悲永世，至親難見斷腸時。
憫憐稚子無家苦，憤恨流氓寡耻知。慘劇神州長不絕，爲官有責作深思。

兄弟鬩牆

國共干戈多少載？弟兄何事難相安？鬥爭不止夷人笑，最是唇亡齒也寒！

六秩革命章

六十年來革命章，神州無處不驕陽。民因開放償溫飽，國賴科研躋富強。
借問乾坤誰主宰？縱觀世界孰膺王？英雄振國心何坦，狐鼠營私臆貯惶。

六十年滄桑

六十年來拓九州，敢言血汗沒空流。排除圍堵繁經濟，勁創科研解侮憂。

奮擊侵兵消寇氣，勇殲悍敵徇公求。無辭萬死爲家國，贏取浮生壯志酬！

轉眼百年

當官何苦萌貪念？轉眼百年孰重錢？世上誰人非夢客？華胥一覺嘆徒然！

臺海和平

荷槍對峙六旬年，臺海和平見曙天。兄弟干戈終玉帛，外夷仇怨永難塡。
炎黃一族爲家國，胡總由衷賞俊賢。企望中華能一統，缺甌指日可團圓！

當年

當年顧影見英姿，轉眼龍鍾歲月馳。自古無情惟逝水，雄豪感慨逐風吹。

歡聞故鄉重建校園

中心小學建倉兜，教育無分訓小猴。百載校園桃李計，慨捐催建棟樑謀。

連戰訪內地融冰之旅

一

去國連公六十秋，重遊今日有鄉愁。謁陵恭奠中山塚，祭祀興悲舊幟收；
世紀身勞和事旅，海台語偃戰煙憂。高呼隔岸同攜手，天下獨尊看九州。

二

連戰離鄉六十秋，今歸故國泯恩仇。南京逝影眞情泣，列祖墳前熱淚流；
肩負融冰臺海旅，胸懷兩岸棄戈籌。和平一統金甌日，舉國騰歡喜氣浮！

癸未（二零零三）年疫症五首

一

肺炎定名非典疫，天堂今始變危城。防污口罩成豬戒，路上行人見懼情。

二

冠心菌毒成流疫，性命難保疑朝夕。新世紀元方三年，痛悲人生今非昔。

三

醫務成員堪敬仰，救生捨己薄雲天。人間喜見眞菩薩，魔未受殲誓不眠。

四

家在危城嘆寂寥，猖狂病毒令人焦。眾臣惶惑終無策，歷朝幾許引爲師？

五

高官清洗太平地，鬧劇愚民自可悲。林甫無良終誤國，施政應效歷朝師。

宋楚瑜（二零零五年）大陸行二首

一

萬水千山謁帝陵，炎黃後裔脈相承。國魂民氣終揚起，指日中華變傲鷹。

二

祭祖孝行驚父老，離愁甲子動鄉情。關通兩岸和平建，功過是非後代評。

新貴

豪語回歸勝殖民，而今卻見百殘身。遺臣得寵成新貴，盡教神州愧煞人。

釣魚臺

一

釣台遭奪日，甲午憶當時。民眾空呼喚，官方夢裏卮。

二

海島歸誰休足論，官場酬酢莫辭頻。可憐芻狗空憂國，笑煞東洋笑煞人！

三

釣島爲何歸日本？只緣息事變奴顏。但求維穩權在握，愛國行爲看等閒。

四

倭奴侵我釣魚臺，忍辱多時事可哀。民族自尊悲掃地，古邦威信置何階？
軒轅兒女英雄種，志士仁人報國材。逐寇王師光復日，凱歌高唱醉千杯！

海疆

寇盜恣侵倚美強，東南西島困胡殃。百般忍讓徒招笑，何若驅妖保海疆？

指點乾坤

東洋小子莫相欺，西域刁民別扮痴。昔日豪雄騰血處，如今義勇請纓時；
銅墻鐵壁憑群築，固國強兵倚眾施。雪耻長懷勾踐志，乾坤指點豈無期？

東方明珠

明珠照耀東方處，旅客無人不著迷。石澳懸崖觀日落，獅山巍嶺更超西；
壚峰斜徑憐佳景，灣港霓虹影石隄。迪士尼中多怪象，海洋園裡滿薔薇。

回歸後感

明珠八載回歸國，作主當家費耐思。崇外歪風終不改，自卑頑疾最難醫。

花瓶

痛惜花瓶遭玩弄，由來朽木不雕樑。默祈社稷饒風采，共禱眾生亨萬方；
荒誕無知狐鼠輩，妄言異己軋肢傷。明公若使今猶在，管教頑奴不敢狂。

除夕

一

一朝除夕到新朝，燃燭高懸見影搖。爆竹傳來添一歲，梅花歲盡怨蕭條！

二

時維除夕又新年，團聚家家我無煙。賣酒樓臺空渡歲，渾忘炊事扮爲仙。

浮生

浮生歲月同朝露，且樂千杯酩醉中。不看人間興廢事，自無富貴也無窮。

春節

每逢春節新環境，團聚家家最入神。佳麗逡巡爭煥發，名流擾攘顯天眞；
不塗脂粉純天色，但願長爲裙下臣。今夜迷人非是酒，醉看紅靨眼波瞋！

醉看人間

老來無侶復無朋，取樂惟憑儲酒醒。笑看人間悲喜事，兩情終是一回情！

餘生

夜來寂寞誰憐憫？更鼓有心到曙天。回首不堪人冷漠，餘生伴我賴詩篇。

惠州西湖

西湖美景世馳名，今日登臨慰此生。青柳茂松潭影動，藍天綠水結鷗盟。

紅土地

紅場曠地人空巷，歌舞娛賓享太平。盛會歡聲繞碧際，周邊里語話桑情。

紅宮

重地紅宮情穆穆，工農運動意無窮。百年事業頻更迭，誰個英雄蘊五中。

贈楊永超詩家二首

一

千里來詩不簡單，宗賢學海傲儒壇。枯腸搜盡無佳句，辭藻調高唱對難！

二

千里來詩喜欲狂，吾宗有弟傲文場。謳吟不覺繁無數，信是人間錦繡章！

贈楊永可詩家二首

一

擅寫時文堪一讀，諷吟事物得嘉評。賢名頻播聞遐邇，忝作同宗感有榮。

二

詩海揚波享美名，君詩寫盡世間情。譽馳粵港人人識，三百唐詩恰共榮。

改朝

改朝換代六旬年，幾許辛酸始泰然。謀取江山非易事，莫爲酒色葬明天。

反貪

親民勤政非奢望，未斷貪婪是國憂。群醜斂財迷酒色，神州何日泛清流？

傳媒第四權

幾許佞官僞奉陽，鞭長莫及困中央。矢心泯瀆傳媒監，一片廉風國呈祥！

明哲

賞雪吟梅士可哀，文章鋒諫患牢災。書生明哲輕風骨，先烈黃泉慟幾回！

諍言

庶眾心聲血杜鵑，人間何世問蒼天。諍言諫國頭顱斷，不負平生策後賢。

風格

史吏豪情憶董狐，謫仙風格與人殊。筆誅桀紂終無悔，方是文壇一丈夫！

自欺欺人

蓋世英雄空自許，懦夫何耐狄夷狐。損疆禍國誰當責？千古罪人付史誅。

奧運感懷

國風重振看今天，轉弱為強換骨然。奧運初償經辦願，當家早已上挑肩。

但期法治無冤案，更望公平有贊篇。羅馬築成非一日，中華萬歲慰先賢！

神七

神七騰空破壟斷，學科勁進震西時。今非昔比新中國，指點乾坤事可期！

中華健兒

奧運中華展健兒，金牌摘取懾群夷。揚眉吐氣期今日，一匾病夫雪耻時！

中印邊境

當官衛國原天任，印度重侵爾可知？嘗膽臥薪勾踐志，收回失地莫遲疑。

保海疆

寇盜恣侵倚美強，東南西島困胡殃。百般忍讓終招笑，何若揮軍保海疆！

中國太空船

一

神舟展翼太空翔，一舉成功晉列強。中外華人齊振奮，終還古國我泱泱！

二

神舟征月慶歸旋，舉國軍民美夢圓。奉勸夷人休說脅，宜將嫉妒化諧篇。

宿敵

莫言倭寇已降身，軍國圖謀日益頻。若罔預防仇再犯，當年慘劇必重生。

知耻

宿敵諷吾是散沙，軒轅兒女本精華；官民奮起爲家國，誓保長城永不垮。

海峽

海峽躊躇未棄戈，皆因政治衅端多。自由言論應無罪，民主訴求不受科。

爲使金甌歸一統，共研究制譜和歌。執迷己見紛難解，鷸蚌相持網者呵！

臺海

彈指百年去苦多，中華一統未看何！鬩爲攘外泯私怨，啥事弟兄不可和？

釋嫌

弟兄泯隙棄干戈，一統中華我放歌。外侮內憂成往事，富民強國壯山河！

反篡改歷史

倭奴篡史蓋彌彰，志士驚訝吊國殤。憤我無知狂拘押，九泉何面覲炎黃？

家仇國恨

外夷欺我幾經年，華夏而今日午天。太息苟安成陋習，家仇國恨竟茫然！

民族罪人

誰人認賊尊爲父，秦檜誠堪作彼師。臺海拒和非理性，東瀛乞援更無知。

南京劫殺仇盈腹，鬼塚叩膜怨漲思。姑息養奸終下策，龍泉屠寇莫遲疑。

榮與辱

英雄蓋世憑何斷？難有範籌論是非。敗陣將軍無葬處，凱旋兵卒有榮歸！

成與敗

戰勝歸來聽誦詩，敗軍憔悴費心思。一朝失策終身恨，泉下含羞苦自知！

江郎

人間冤事難罄竹，自恨江郎我愆悲。魯迅才華如再世，口誅筆伐正逢時。

佛法

爲爭名利靈臺昧，未抵百年豈解非？佛法無邊空地獄，蒼生普渡證菩提。

佛理

得登淨土平生樂，佛理經文滌俗思。昔日恩仇灰燼滅，從今一意念阿彌！

汕尾鳳山媽祖

巍峨石像滿慈祥，靈氣長熙大海洋。惡浪冥頑終受化，漁民得澤沐春陽。

美東媽祖

美東媽祖鎮西坊，萬眾蒙庥保福康。朝客持香階下跪，心祈福祉滿人間。

歲月艱難緣戰事，長天困守各相瞄。于今重踏前時地，猶見當年外白橋！

西社媽祖

西坊媽祖立西社，善眾蒙恩展喜顏。香客長途階下拜，同祈福願滿人間。

匆匆過

三天歡聚匆匆過！一縷離愁勁湧來。不散盛筵終是夢，長懷此別有餘哀！

大觀園

勝迹欣遊菊綻金，天涯罕客此登臨。大觀園裏花長在，艾女香銷費悼吟！

重游白天鵝

重游故地景依然，只是情懷異昔年；去日風光成苦憶，人生興廢不堪詮！

潮州韓文公祠

韓公文采世長留，德政三陽眾念悠。墨客賦詩添麗色，名垂宇宙耐春秋！

陸豐定光寺

定光古寺似天宮，佛祖觀音世所崇。慶我有緣登聖地，得來靈氣福無窮！

陸豐玄山佛祖

玄山佛祖法無邊，普渡黎民樂地天。何幸今生登聖境，莫非前世有禪緣？

陸豐玄武山

玄武山中景異凡，靈神坐殿顯慈顏。堂前高掛名人匾，祠史分明不簡單！

海陸豐游

八美連袂海陸游，六男護送感風流。紅妝淑德驚宮闕，罡氣騰飛繞地球。
朶頤山珍和海味，淺嘗佳釀說前頭。良朋有幸天涯會，衹是韶光不淹留！

陸豐市

陸豐市境綠悠悠，統部英明禮貌周。賓至如歸談肺腑，猶歆坦蕩復風流！

海陸豐人

海陸豐人原一縣，衹緣發展始分離。民間風俗從無改，文化鄉音未有歧。
遠地群居頻眷顧，近鄰各戶善扶持。相逢都喜稱兄弟，親愛精神世所稀！

城區政府

城區領導何儒雅，席上贈書締友情。宦海騷壇皆得意，祝登紫陌享殊榮。

陸河縣

東家領導女英雄，秀外慧中豈眾同。歡聚笑言今古事，陸河無處不春風！

詠海豐

海豐地處嶺南邊，水秀山明育俊賢。殲敵精神堪武穆，犧牲爲國勇爭先。

海豐人

革命先鋒作則身，吾鄉取義慨成仁。戍疆爲國甘輕己，虎嘯龍吟氣節人。

海豐俠客

疾惡如仇堪砥柱，江湖仗義挽狂瀾。我行我素風雲客，傳遍東南百姓間。

海豐一傑

其一

俗世罕逢一梓賢，輕錢重義動青天。心縈家國千秋業，志策鄉人幸福篇。

其二

擅文尚武豈凡身，指點乾坤正此人。我識廬山眞面目，英雄本性是書生。

其三

生無本色豈英雄？蓋世賢豪傲骨風。獨有天人能濟眾，斷無小丑可歌功。

海豐縣政府

海豐黨政重文明，領導親民復意誠。歡宴我團肴酒美，掌聲雷動震華庭！

海南游

良朋結伴海南游，世外桃源石點頭。萬古帝王終是夢，百年過客瞬間休！

海角天涯

涓波綠水衍遐思，雲影藍空更惹痴；有幸聯袂同海角，人生幾度共良時！

三龍灘

龍灘永夜煙花放，喜見童心尚未泯。但願良朋春不老，人間長聚復年年！

香港海豐商會貴州游

一

貴州省會在南陽，處處游踪盡麗賢。黔嶺尋幽探秘樂，喜聞德政譜新天。

二

泛浪畫舫五幟紅，同鄉異域倍情濃。世間逐利爭名客，豈及楓湖一釣翁！

三

貴陽峽谷是名河，縱眼遼茫瀑布多。黔省由來稱絕景，騷人自古喜吟哦！

四

萬峰林上看晨曦，重點成名百事宜。不負游踪攀絕嶺，連天美景好吟詩！

五

莽莽茫茫大峽谷，聳崖峭壁一飛橋。險峰黔嶺聞天下，美景迷人不勝描！

六

黃果樹林似險峰，門前迎客一茂松。攀山涉水身如燕，潭影回眸見艷鴻。

瀑布滂沱天上落，玉盆美景置園中。紅妝絕色羞花月，男士風神蔽傑雄！

香港海豐商會

一

海豐商會聚英明，忝作成員我感榮。領導有方能召眾，鄉音悅耳倍親情！

二

海豐商會滿精英，各展才華各有成。喜見邑人能出眾，興邦光族繫鄉情！

三

百席華筵行晚宴，海豐商會領風騷。賈人自古輕名利，賑物捐錢有我曹。

四

繁榮故里舉春茗，海角商人重梓情。呼我賈壇雲會客，同心同德踴加盟。

五

當年商會寂無名，報國空懷赤子誠。待舉先行推百廢，薦賢後繼綻千榮。

披荊斬棘憑群力，除弊革新賴俊明。回首前塵興感慨，喜今譽滿海香城。

六

海豐商會人才濟，貿易場中信譽孚。領導英明紓遠見，眾員開竅奮前途。

靜觀世態風雲起，頓覺星辰瞬息殊。指點乾坤今勝昔，問君何事慕陶朱？

香港陸豐同鄉會

一

日麗風和故里遊，山明水秀壯神州。地靈人傑光今古，陸縣香江佔鰲頭。

二

陸豐鄉會聚精英，議事堂中溢梓情。行善思維長作範，四方遐邇播嘉名。

三

會慶歡逢五十年，輝煌史績賦名篇。政商領域良才濟，兩岸橋樑體士賢。

香港海豐同鄉會

會務闌珊白髮吟，鄉親天擇我驚心。春來桃李紅如昔，面目頻非去歲人！

北京行

一

九重天地非凡響，仰首星旗感熱衷。玉女群黎遊宮闕，俊男肅穆古儒風。

二

天安門上英雄塔，風雨蕭蕭斷客魂。本是廣場神聖地，緣何四角設籬樊？

上海灘

一

當年鎧甲映沙潮，俊朗瘋迷幾許嬌。上海灘頭龍虎據，中原大地鬼神撩；

風雲密佈多無奈，歲月艱難復寂寥。今日驟然臨舊地，依稀猶識白高橋。

二

昔日戎裝映海潮，江山如畫幾多嬌？權錢圈裏風雲起，名利場中劍戟搖。

青島遊

一

稚童老叟遊青島，名士義題木槿樓。五美風姿猶富韻，一囡解樂不知憂；

人生幾度同舟路，歲月無痕倍惹愁。世上迷君誠有物，分明肝膽最難求！

二

老幼參差共遠游，灘頭無處不堪留。誨鑾曉義心何苦，頑石難明罔愧羞；
旅客他鄉求享樂，誰人異地動戈矛？良朋有幸天涯會，肝膽崑崙事可謳。

天涯共此時

灘頭誰讓少青年，膊馬相娛樂勝仙。返老還童堪玩味，海枯石爛意綿綿！

鵲橋誤度

本是逍遙樂趣饒，祇緣雀戰搏通宵。事非勝負爲多少，卻誤牛郎度鵲橋。

聚散

百年有幾時？轉眼故人移。誠想長相醉，心思不可期。
浮生無締約，聚散豈先知？今夕同君會，明朝各遠離！

曲終人散

匆匆歡聚五連天，道別情懷倍戚然。最是人間原過客，誰知何日續今緣？

夕陽

夢華一覺七旬時，滄海桑田倍惹思；大地浮沉名姓改，世間興廢變難知。

蹉跎歲月終生憾，貽誤商機後悔遲。故舊凋零難復見，夕陽啼鳥使人悲！

盛筵

鮑翅燕窩何處有？劉家席上勸君嘗。三千食客傳佳話，一念今宵齒頰香！

萬福居

矗立雲端梅道區，霓光碧海入眸舒。人間仙境潛龍地，天錫仁翁萬福居。

心聲

人間冤事幾回伸？寶劍投閒枉好臣。夜臥書齋風蕩竹，板橋愧對眾庶民！

香港汕尾市同鄉總會

當年立會抗頑英，革命精神意志明。捍衛國疆懷壯烈，堅持公理勇犧牲。

戰無不勝憑群體，運轉乾坤倚眾生。合浦珠還重見日，普天同慶我中興！

汕尾革命烈士

香江梓里一衣遙，家國恩仇共目標。視死如歸寒敵膽，捨生無悔寇魂銷；

成仁取義傳青史，俠客豪情塑美謠。烈士遺風堪景仰，碑文終古色何凋！

詠香港汕尾市同鄉總會文化藝術協會

一

文風蕩處捲旌旗，窮究古今賦與詩。國學承傳人有責，神州共仰一宗師。

二

文藝弘揚壯國風，潛心古學九州同。書環四壁凝華氣，畫掛長廊浥墨濃。

詠劉煥詩翁

行善不倦復頻頻，八九仁翁任苦辛。築路修橋爲梓里，賑災獎學援清貧；華堂知足懸名匾，家國豪情勝眾人。世上幾多王質漢？何如耍雀樂天倫！

劉煥詩、黃寶蓮賢伉儷

相親無隙人間罕，篤愛有恒世上稀。萬紫千紅空國色，帝園玉樹一株奇！

贈陳文清會長

紅塵滾滾領群雄，服眾天方孰可同？愛國愛鄉猶愛港，丹心義膽一飛龍！

中國華倫

休提歲序究誰多，且樂斯時浴愛河。世上浮雲非罕物，人間瑰寶爲嫦娥。

輕哼古曲如流水，掌故暢言似湧波。若使華倫今尚在，長情還是薦清哥！

贈陳慶梓理事長

學童年代負才名，少壯他鄉有大成。商政圈中長得意，光宗耀祖一豪英！

贈吳華江常務副理事長

喜見同鄉後秀生，伸張正義最分明。東南商政齊飛翼，西北遙傳德性馨。

贈香港汕尾市同鄉總會秘書長陳君銳

雅士無忘心進取，不辭學海競文辛。思潮洶湧雕龍卷，妙筆生花倚馬人。

佳訊傳來皆大喜，更聞儒界慶添薪。君爲今代奇男子，銳氣豪情繫一身！

贈林詩文名譽會長

才智超凡氣魄滔，高瞻遠矚領風騷。詩詞陶冶鴻儒性，文學修身士氣豪！

贈黃頌秘書長

溫文爾雅一書生，關注民情與國情。激勵青年推會務，吾鄉處處有精英！

和陳君銳先生《紅花漫遍海豐城》

夏日悠悠署氣清，龍津水美衍鄉情。青山極目逍遙處，萬頃紅花繞海城。

註：陳君銳寫了七絕《紅花漫遍海豐城》：「江村仲夏喜風清，美水龍津繫梓情。眺望名山雲物處，紅花漫遍海豐城。」楊逸步原玉奉和上面一絕。

贈香港汕尾市同鄉總會義務法律顧問梁美芬博士

教授長兼大律師，美芬麗質紫荊姿。文思倚馬鮮能與？講學新風創尚時。

駁辯辭鋒才八斗，訴情理據富千漪。伸張正義人皆仰，使命爲民世盡知！

贈劉黃寶蓮女士

默默耕耘不計功，商壇巾幗令人崇。相夫教子堪爲範，秀外慧中世罕同！

贈劉燠詩永遠榮譽會長二首

一

虛懷廣結人間士，富貴貧窮一視同。食客三千誠未有，豪情不遜孟嘗風！

二

傾情鄉國風雲子，斬棘披荊志最堅。昔日艱難曾幾許？而今險阻已如烟。

因公招怨無須餒，爲眾除憂有德篇。奠定會基千載業，功成身退世稱賢！

贈陳動光會長

睿智驚人扮魯愚，寓言諷語笑諂諛。可憐豎子渾無覺，猶望從中撿個腴。

贈王盛華監事長

馳騁商壇歷險峰，狂瀾力挽幾人同？君誠俗世佳男子，仁義鄉情俱可風！

贈王錦泉永遠名譽會長

東西學貫使人崇，南北縱橫雅士風。研製品牌靡歐美，爭光爲國是豪雄！

贈楊萬里副會長

萬里長城多壯麗，河山錦睽少相同？海隅創業成佳話，獨領風騷一傑雄！

贈黃俊新名譽會長

商界謎聯美譽賒，品評書畫是方家。多才多藝誠人傑，學術增光業界誇！

贈張家偉律師法律顧問

文明社稷人爲本，公理精神不徇情。正義伸張無枉案，君研法治拯蒼生。

贈劉大潛律師法律顧問

學欣致用展英才，法理良知不許摧。明辨是非循驗證，伸張正義意宏開。

贈陳峰常務副監事長

一心育子喜成材，猶慶女兒不負栽。君是人間模範父，綿綿頌語鋪天來！

贈黃一唯名譽會長

彬彬君子一唯哥，坦蕩心懷摯友多。遠足同游情勃勃，談天說地笑呵呵！

贈吳榮東副會長

重情尚義一鄉賢，斬棘披荊得片天。歡宴親朋無貴賤，滿堂喜氣樂綿綿。

贈鍾大會名譽會長

大會精明猶富幻，製成仿品栩如生。百鳴工藝神奇絕，中外馳名孰可爭！

贈曾憲鑑主任

翩翩起舞喜盈盈，相擁傾情勝萬情。迷蝶將軍忘抗敵，鑑哥造極醉人生！

贈林春華秘書長

憑君健筆報鄉音，喚醒僑民愛國心。昔棄家園無反顧，而今喜向梓親吟！

贈林少釵副會長

負笈東瀛學有成，商場奮進引雷鳴。繁榮經濟牽中外，業務蒸蒸日益興！

贈林廷翰副會長

金融翹楚起風雷，遐邇東洋客似歸。綱領才情鮮可比？前程錦綉勁龍飛！

贈惠海陸同鄉會鄺世來主席

長洲惠海陸同鄉，崇尚鄉情又善良。世上和諧培德性，來君正是此中強！

贈陳玉芹副會長

紛說遍傳女士奇，相交諸友盡相知。能伸能屈爲時傑，智勝鬚眉寫錦詩！

贈蔡傑如副會長

爲人志趣似王生，道義行先次弟兄。立業南山成一國，關懷桑梓重鄉情！

贈楊金炎副會長

凌雲壯志復聰明，處世持誠重梓情。爲國勁銷鄉土產，長增外滙促繁榮。

贈黃瑞厚秘書長

一生敬業執教鞭，忘卻辛勞志育賢。子女長成皆俊傑，慕君師表寫新天！

贈邱仁鴻副主任

金童玉女天仙配，夫唱婦隨羨煞人。仁義心懷多摯友，鴻儒談笑座中珍。

贈王雲山副會長

彩筆如刀任意雕，屢爲藝術創新標。縱横畫苑成奇傑，吾邑緣君翰墨堯！

考察團顧問陳君鋭先生

無辭辛苦總爲團，君鋭精神不簡單。官宴沿途情未了，重員迎送意殊嫺！

贈柳成蔭副書記

親民形象得人心，瀟灑爲官吏可欽。紙貴洛陽一片海，書生本性柳成蔭！

贈陳熱義理事長

熱心公益一鄉賢，義氣遙傳港汕阡。親善有方憑妙語，化戈爲帛更超然。

贈林家邁監事長

事慈至孝一男兒，此道于今最罕稀。奉勸爲人家子女，親情無價莫相疑。

贈羅水祝副理事長

將相難求今古事，君長會務智思舒。且憐豎子渾無識，直把鵝毛作令符。

讀《海豐文學》主編余遠鑒詩家

余翁文海領風騷，歌賦詩詞競折腰。紙貴洛陽緣彩筆，海豐文學更妖嬈。

讀楊永可詩家《三合土集》

一

弘揚國粹漫清風，夢筆能當百萬雄。誰道吾鄉沙漠地？詩詞聯曲領先鋒！

二

歡聞韵律昂揚處，寫盡人間爾我他。九城騷壇齊共賞，芳葩明麗事堪誇！

里中人

天涯棲息處，偶遇里中人。頓念前時月，猶思故梓親。

狂瀾

狂瀾砥柱憑誰挽？罕世奇才奮戰孜；唯有仁心能服眾，斷無妖物可成夫。

海城度歲感賦

一

年年除夕感忼多，今歲迎新又若何？遙祝親朋身體健，自娛唯賴墨勤磨。

二

富貴年年籌大慶，窮人新歲苦連天。市中物價隨風起，消費何堪血汗錢！

海城之夜

不負金鵬度一宵，金童玉女各逍遙。勁歌妙舞隨人意，更有嬌嬈慰寂寥！

悼蔡魯永遠榮譽會長

一

風雲叱咤一豪雄，靖國安民建偉功。軍旅生涯原是夢，一坏黃土恨無窮！

二

沙場馳騁一英雄，家國千秋自不同。最是無情惟歲月，人間長恨水長東！

悼林馬小琴會長

摯友相違繫別情，滄桑變幻叩蒼冥。難忘蜀道嘗艱苦，猶喜長安享泰寧。

噩耗遽傳心緒潰，哀聲淚慟嶽峰崩。瑤池駕返神仙路，淑德長留播馥馨。

悼王雲山副會長

噩聞霹靂起晴天，痛悼雲山逝溘然。畫藝傳神誰繼繪？文章警世賴何延？

墨描吾邑眞仙境，語塑鄉人俱俊賢。嘆息強音成絕響，海豐失哲淚長泫！

女兒

一

綺年罹疾一生療，針藥齊施夕繼朝。記者生涯成夢幻，天心何忍負儒嬌！

註：女兒畢業於新聞系。

二

疾困女兒父轉貧，老天戲弄太無仁。兒女不解親心苦，未改當年小富身！

老

老來何所恃？對影賴扶持。衰朽行多病，惟爭早與遲！
生爲塵世士，命舛最可悲。願得中山酒，陶然不惹思！

臥游圖
丁酉年緯志畫

苦匆匆

浮生若夢苦匆匆，亘古百年一瞬中。回首前塵心灑淚，幽思今後意縈胸。

良駒放隴悲垂老，志士投閒嘆勢窮。道義已非時下物，流芳遺臭本難同！

魚宴

清哥魚宴皆謳好，桑酒香醇飲滿甌。相聚良機非易有，人生際此最風騷！

贈友

人海蒼茫識道翁，長思幸會拂春風。前因後果難求證，玄學論言得認同。

顧我遭逢悲曲折，念君際遇喜雲龍。身微非敢稱知己，惟慕豪情日月中。

閱魯書有感

一

周公名著炳千秋，風格猶堪世永留。奉勸紅塵狂妄輩，爲人莫入阿Q流。

二

魯迅雄才睿智身，文章傳世最堪珍。東坡且怨聰明誤，何物無知自大人。

朱鎔基總理

提棺赴任確新鮮，朱總爲官創錦篇。宦吏若明丞相意，問誰還敢再貪錢？

四川地震

四川灾害太無情，傾刻夷平萬座城。尸骨殘垣隨處是，哀鴻遍野觸眸驚。

風雲變幻誰能測？禍福無端難預評。默對人間悲慘事，兩行泣淚表心聲！

世事難測

世事端難測，風雲變更頻。當年憑附驥，今竟扮強人！

國際名城

芬芳遠播紫荊花，萬衆齊心愛己家。國際名城人羨慕，天堂美譽事堪誇。

金融獨領風騷勁，貿易中樞舉世嘉。九省二區連道網，明珠歸後更繁華！

奇葩

百年浩劫憶奇葩，曾見平民似芥麻，帝轄檐前施惡法，蠻夷殖地妄欺華。

慶今一國行雙制，舊日殘餘一掃垮。休問麻姑滄海事，香江終古是吾家！

血為箋

干戈不息復年年，天命于身鎮塞邊。日照沙場揚士氣，夜敲更鼓醒軍眠。
良人閨裏窮秋水，夫婿營中獨黯然！捍衛國家皆有責，名題青史血爲箋！

肝膽

何爲五斗將腰折？我傲蕭曹不事朝。固未擎天憑只手，卻曾業界號天驕。
一生重義輕財物，永世憎邪鬥獍梟。潦倒朋情猶勝昔，崑崙肝膽志凌霄。

牛鬼蛇神

動地驚天爲好漢，管誰成敗論英雄。敢言潦倒豪情在，牛鬼蛇神伎倆窮。

名利客

一

韶光百載究無多，錦綉江山又若何？寄語芸芸名利客，浮生本是一南柯！

二

勸君且樂杯中酒，莫重燕然勒姓名。世上既無長壽藥，誰堪人事日凋零！

酒一杯

一統當年稱蓋世，何如瀟灑舞連回。秦皇漢武今安在？自古高明酒一杯！

早與遲

老來何所恃？對影賴扶持。衰朽猶多病，惟爭早與遲。
生爲塵世士，命運最堪疑。願得中山酒，陶然不惹思！

謝倉兜中心小學慨捐人士

仁人解囊衷心謝，學子懷情永不休。村幹募捐孚眾望，校園新貌創千秋！

贈陳偉佳博士

萬卷書詩推博士，春風化雨逐顏開。滿門桃李皆豪傑，振國興邦棟柱材！

中國夢三首

一

漢唐盛世悵難還，歷盡滄桑始復煌。外懾權強萌犯意，內除腐敗滅憂患。
精研武備修防務，衛戍邊疆體戰魂。爲使中華圓國夢，何辭拼越萬重關！

二

世上浮沉誰主宰？狼煙迭起誤蒼生。恃強凌弱違公義，作歹爲非悖理情。

憶昔無停刀亂砍，顧今未改劍横行。文韜武略終圓夢，構建新型大國名。

三

覽史難忘侵略恨，列強搜掠復占疆。鐵蹄躪轢聞啼哭，槍劍恣屠見死傷。

昔少英雄驅虎豹，今多俊傑戮豺狼。十三億眾爲家國，敢教中華勝漢唐。

賀陳偉佳博士華誕

博士生辰正盛年，更欣事業日中天。春風化雨名孚世，誠是才高八斗賢！

古稀人

古稀歲月著征袍，衛國馮唐當自豪。顧我龍鍾爲斗黍，人生無事不牢騷！

吾生

閒坐幽思感慨多，年華逝去枉蹉跎。鬢斑不是爲家國，人老非因執戍戈；

書劍難成招笑語，命途坷坎惹風波。生涯心事繁如許，誰可爲余譜悼歌？

丹砂

憶卿曾許贈梅花，名畫原來衹是賒。永念盈盈仙子影，長思栩栩一丹砂！

末了緣

夢斷踪冥二十年，而今滄海已桑田。身將老死歸山去，心念前塵未了緣！

空滿紙

謠傳緣會註前生，恩怨是非卻不明。寫盡相思空滿紙，奈何塵世本無情！

平生

溯憶平生事，悲情不可方。利名休足論，愛恨兩茫茫！

寒夜

寒夜孤燈下，時逢病折殘。窗前明月遠，未照死生難！

慧萍與我

當年港地違居客，今日重游自在身。海角無心留麗影，紫荊何苦與爭春？
時來頓覺花團錦，勢去方知冷落辛。世事風雲非始料，浮生際遇豈前因？

夜月悠悠

碧空長夜月悠悠，太息當年未識憂。錯把浮雲爲糞土，誤將勒石作殘裘。
華胥一覺驚垂老，百事無成倍感羞！姑綴生平鱗與爪，遺存世上共春秋！

更難期

夜懷寂寂前塵事，廿載分離念未稀。今世重逢成幻夢，來生緣會更難期！

曇花

更深夜靜月幽幽，溯憶紅顏淚暗流；聚似曇花惆悵別，他生未卜此生休！

無題

叱咤當年射斗牛，但悲去日不回頭。巫山滄海空雲水，終是榮枯共一丘！

一首詩

聲色生涯爲夢幻，公卿富貴又何思？百年過客須臾事，萬古遺君一首詩！

賢愚

一

賢愚自古若雲泥，且看箇中便可知。水扁貪污渾寡恥，武鉉受賄死相辭。

二

賢愚識別非宏旨，眞僞分明始足珍。志士憂思爲濟世，奴才屢犯失魂人。

禍民

卸任倉皇悔已遲，豁除檢控亦難期。殃民禍國終須咎，罪惡貫盈下獄時。

憶君銳

猶憶相逢言恨晚，何堪生死別離時！挑燈夜語悲難再，一隔陰陽弔豈知?!

時命也

座無虛設憶當年，把酒言歡不夜天。環宇良朋皆俊傑，獨慚憔悴我潸然！

往事未如烟

一

輕狂韻事成追憶，猶夢纏綿未了情！江水東流今古恨，蒼懷寂寂度餘生！

二

玄天仙女下凡塵，風韻幽嫻繫一身。學貫中西文藻著，丹青畫藝更傳神。

三

一別佳人音訊絕，復憂歲月去偏多。輪迴若證非訛事，願訂來生執手歌。

太匆匆

一

物換星移苦匆匆，滄海桑田轉眼中。過客百年何處去?天堂地獄路矇矇！

二

悠悠天地寄紅塵，百載俄兒苦煞人。嚮往蓬萊無覓處，空懷羅漢一金身！

老懷

日月如梳催老至，誰堪回首話當年？人間難有長生藥，世上苦無不散筵！

無題

一

滄桑歷劫剩殘身，不附強權任笑貧。傲為知音多俊傑，慚非碩學作詩人！

二

蚊型陋室僅遮身，長著常裝不掩貧！休問江湖恩怨事，我行我素自由人！

一死難

百病纏身多痛苦，群醫束手我心殘！世間有物皆虛幻，萬事無如一死難！

人間一老兒

午夜夢迴一老兒，思潮起伏亂如絲！更漏滴處傾心聽，似訴吾生未展眉！

奇女子狄娜

絕代嬌娃倒眾生，未曾眞箇已迷情。志忠痴愛甘爲鬼，家傑相思命可輕。

伊利莎白泰萊

玉骨冰膚是泰萊，驚聞棄世震天哀。美人顧盼靡環宇，不負浮生走一回！

瑪嘉烈公主

一生坎坷情中路，幾度纏綿又隙終。天妒紅顏多薄命，戴妃公主恨相同。

思念人去後

護花抉擇作春泥，欲棄初哀奈噬臍。海不能塡禽有恨，緣難再結此生悽！

騷海

緣聊無奈學吟詩，騷海酸甜我自知。舞墨弄文非活計，兩餐一宿費心思。

讀書樂

時來風送滕王閣，運去雷轟薦福碑。忘卻人間興廢事，一心瀟灑讀書詩。

苦匆匆

驚鴻去匆匆，一別渺無蹤。耿懷思戚戚，何日可重逢？

除夕

風雲際會憶香梅，朝野知音俱黨魁。爲息紛爭長出使，和平大道百花開。

荔枝

一

組團品荔游東莞，粒粒嫣紅顆顆姿。憶昔相思妃子笑，太眞秋眼望穿時。

二

荔枝貢品不凡身，驛馬奔馳京道頻。慶幸俺家隨手摘，東坡羡慕嶺南人。

諸友購墓地

片晌歡娛休棄取，傷心最是別離人。河山萬古終無改，事物十年幾度新，百載韶光駒過隙，一生際遇變猶頻。朋情友愛宜珍惜，生結塵緣死作鄰。

錦綉未央劇

刻骨銘心永不移，兩情相悅一懷思。誓同生死無回顧，愧煞世間薄倖兒。

際遇

恨海難填長灑淚，琵琶絕響漢文哀。冤禽叼木心猶苦，塞外明妃寂寂埋。

豎子

豎子專長趨炎術，行爲齷齪少羞顏。祭餘乞食驕妻妾，笑煞鄉人罔顧訕。

人中鬼

楚楚衣冠赫赫身，誰知陰險甚瘟神。今生屢遇人中鬼，來世祈逢正氣人。

諸賢姪誠邀茶敘有感

賢姪關懷令我嘉，身心猶覺復芳華。未緣往事成追憶，傲骨豪情總不賒！

往事成追憶

風花雪月成追憶，此際淒涼此際情。但願生前杯有物，管他身後史無名！

東流去

人生得意氣昂昂，美酒香醇共舉觴。流水無情春去也，誰堪憔悴復傍徨。

除夕

窗外寒風飄落葉，時逢除夕倍悲哀。花開花謝年年事，偏是韶光去不回。

文壇一小丑

一

文壇小丑欲風雷，笑煞方家腹爆開。井底蛙嘲天地窄，夜郎妄自比中垓。

二

妖言惑眾真無賴，世道公平辨歹賢。技止黔驢焉肖虎？類同桀犬吠堯天。

三

世事風雲誰可料，奴才一黜百年身。楚歌四面隨風播，菱鏡前頭不是人。

四

覬覦社長貯心非，豎子無知復可欷。寄望新朝多眷顧，奈何底願總相違！

五

一朝天子一朝臣，誰料新君鄙黜人。夢斷文壇千古恨，回眸已是百年身！

民主鬥士

孤臣孽子憶當年，笑罵由人港爲先。無視豺狼張利爪，更憑浩氣懾刁猿。

民生民主須釐訂，法治法權不許偏。風範政壇誰取代？士元誠是一名賢。

查良鏞

大俠射雕成絕響，長遺巨著寄紅塵。生花彩筆驚今古，一代文宗不世人。

陳詠梅

著名學府一枝花，系出豪門不自誇。詠韻悠悠飄翰苑，梅香縷縷繞京華。

亂世情

亂世蒙卿重義情，未緣落魄悔婚盟。無嫌異代爲連理，更決相濡共死生。

摯友

儒風士節孚于世，義膽豪情繫一身。易學研成迷可解，史通今古更何人？

憶文革

文革十年驚世界，翻天覆地惹幽思。飢胞覓路求生去，苛政興兵縱犬追。

碧海浮屍隨浪動，荒山餓殍趁風移。神州此日將何似？一片愴惶不勝悲！

逃亡記

一

驚天動地逃亡去，怒海滄茫杳見涯。華夏何堪誰作主？赤塵無處不傷懷！

二

山窮水盡何從去？荊棘滿途最苦情。骨肉乖離千里外，避秦萬死慶重生！

亡國恨

圍堵中華動地天，武官吝命牘貪錢。一朝亡國爲奴隸，悔不當初已枉然。

千古罪人

割地瞞公爲國賊，內行桀紂外奴臣。貪污枉法空前後，直是千秋一罪人。

自毀長城

倭寇長思溫舊夢，神州覆轍勢重臨。國防信託徐才厚，誰比會之罪更深。

註：秦檜字「會之」。

帝王無仁義

爭權奪利忘生死，皈佛念經色相空。吊民伐罪眞雄傑，慷慨佈施最可風。

李陵戰敗誅家族，司馬呈疏受體宮。古今帝子無仁義，百姓遭逢苦難同。

河山凝碧血

我疆海域東南處，何事蠻夷竟進侵？寸寸河山凝碧血，豈容寇盜弄浮沉！

野心家

日思權獨攬，夜夢素娥顏。生進中南海，死埋百寶山。

政治

一

劉邦項羽爭天下，楚漢是非各擁盟。戰死沙場空殞命，生還封地冊公卿。
功高震主終須斃，明哲保身不可生。鳥盡弓藏烹走狗，由來梟獍最無情。

二

風雲變幻端難測，天地晴陰不可期。項羽營中多猛將，劉邦陣裏盡殘騎。
誰知敗寇終爲帝，孰料楚王竟曝屍。昔日興衰成古史，而今憑吊費心思。

悟道

縱觀宇宙解疑憂，靜聽梵音悟道修。菩薩慈悲消苦難，唐僧恤恕化冤仇。
杜陵號聖名長著，李白稱仙譽永流。蘇軾遙思妃子笑，陶潛賞菊慕金秋。

弱肉強食

手指東亞烽火日，艦衝南海動戈時。保疆遏敵無旁貸，衛國匡民有措施。
怯戰懦夫成小丑，殲仇壯士塑男兒。求存唯賴尖端器，公道人間事可疑。

胡秀英教授

百草婆婆上壽人，究研醫植賽時珍。陡傳噩耗驚辭世，哀悼鞠躬淚濕巾。

除夕

去舊迎新爆竹燃，天涯浪客不思眠。還童返老終無術，世上難亭歲序添。

傲骨

不緣方孔輕家國，立地擎天傲骨風。心貯良知昭日月，胸懷坦蕩對天宮。

如烟往事成懸案，似霧疑雲可佈公。慶幸名賢明士志，獨持異議息群衷。

新仇舊恨

縱觀宇宙繞狼烟，戰火隨風勢漫延。軍國陰魂思復辟，霸權主義欲重燃；

珍珠突襲情猶憶，東域蹄痕景未遷。衛道為公齊剿匪，新仇舊恨一朝還。

朴槿惠

昔日風雲叱咤人，而今階下作囚身。興衰變幻寧無感？悟道方知是果因！

小人得志

法理平權淪喪盡，一聞功利倍痴迷。小人得勢兇如獸，落魄鳳凰不若雞。

維權律師

一

法治神州危岌岌，伸張正義究何辜。為鳴枉死眞豪傑，受屈偷生豈丈夫。

二

乾坤莽莽訴平生，誓揭陰謀恨未成。正義難伸緣勢迫，空懷憤慨悵人情。

威何在

遣使求饒奉賠錢，軒轅兒女淚長泫。關門棒打威何在？對敵鵪鶉太可憐。

禍衆生

面相兇殘羞國格，囂張自大顯浮輕。不戕蛤蚧緣同類，卑鄙行為禍眾生。

沽名

國人陷困誰關愛，海外扶貧急濟來。為釣浮名甘不韙，無良領導最悲哀。

成追憶

兩制推翻百事哀，香江無復舊時臺。自由民主成追憶，長使生靈變劫灰。

神州

驚濤駭浪我曾經，文革當年最慘情。誰使江山淪鬼域，千秋功罪後人評。

紀念辛亥革命百周年慶

一

緬懷革命憶中山，萬里奔馳募餉艱。救國匡民肩負重，登天換日責非閒。

義師屢挫心無餒，建黨成功志更頑。喜見紅樓長矗立，青山猶勝舊時顏。

二

慶有青山成據地，政軍豪傑聚紅樓。三民主義三權立，五族共和五處修。

推倒滿清緣救國，廢除帝制爲民謀。鞠躬盡瘁悲星殞，同志還須繼大籌。

緣

緣會由來江上草，當年邂逅笑春風。詩題紅葉雙驚喜，心對靈犀一點通。

豈料愛河翻恨海，誰知怒浪覆舟洪。漢王薄倖非原意，唐婉無辜失放翁。

倉兜鄉賢古風一首

海隅傳喜訊，鄉彥領風騷。商界多翹楚，文壇屢佔鰲。畫藝忠賢勁，育才永漢豪。

書家瑞義著，佛學漢源高。眺望神州地，倉兜摯大旄！

註：忠賢是瑞忠及澤賢二侄；瑞義是其瑞、立義二侄。

放逐人

詩詞造化惹垂涎，眺望雲端聳接天。槐樹陰中空有夢，難償宿願恨綿綿。

夕陽紅

方見東邊騰旭日，回眸已是夕陽紅。曇花美絕須臾事，悟徹浮生夢幻同。

陳納德

納德將軍誠鐵漢，航空虎隊衛中華。倭奴聞處寒肝膽，異國豪情曷勝誇。

空自許

夜郎自大終遭棄，背道而馳受制裁。大國泱泱空自許，應思善政展治才。

司徒華

一

默默耕耘渡一生，司徒華叔訴心聲。多番請願求民主，六四冤情信可平。

家國精神凝眾志，九州寄望締長榮。堅持法制爲人本，長使中華國運興。

二

終身不娶爲紅顏，華叔痴心豈等閒。世上多情寥可數，墓前拜祭竹成斑。

文壇多恩怨

天下文壇神聖地，弘揚國粹振儒風。詩催意志思維雅，詞衍豪情理念崇。歌放人間聲亢亢，賦傳世上樂融融。勸君惜取當前物，共倡和諧出彩虹。

夢

一

悲時長嘆息，無語對蒼穹。塵世原爲夢，色相本是空。

二

無情惟歲月，世亂易招風。生死榮枯事，看爲夢一宗。

奴才

一

同鄉會所展奇才，雄辯滔滔震講台。祇是荒腔淪笑語，渾無王道最悲哀！

二

濫權專制損鄉情，議會猶無譴責聲。公義淪爲趨炎物，妄吹豎子惹譏評。

人情冷暖

富貴長聞頌，貧窮親故疏。時來風送閣，運去諷讒多。

夜郎人

夜郎自大君休笑，幾許社團此類人。議政無知違史實，荒唐最是自封神。

司令員

外敵猖狂侵領域，三軍不抗爲和諧。庶黎尚有金甌意，司令寧無報國懷？

張家偉律師

一心司法保文明，公義昭彰衛理情。治國齊家欣有序，金科玉律蔭蒼生。

向華炎會長

四海英雄皆敬仰，一身正義薄雲天。擅文尚武眞名士，獨領風騷越百年。

看風駛艃

昔人愛國針時弊，勇斥強權更可風。今日書生輕氣節，看風駛艃禍無窮。

甲午年

一

甲午百年轉眼臨，家仇國恨永銘心。倭奴賊性從無改，寄望雄師勇遏侵。

二

男兒報國名題史，身後黃金不值錢。日寇欺凌思甲午，何時雪恥待來年。

三

時逢甲午憶當年，太后奴臣罪漫天。半壁河山淪敵寇，鐵蹄蹂躪最堪憐。

四

銷魂甲午去重來，艦毀兵亡憶倍哀。倭寇猖狂尋舊夢，軒轅何日振中垓。

大法官

磨硯經年吃北風，一朝作吏比人崇。權錢交易尋常事，枉說貪污太不公。

蘭桂坊

世推蘭地最文明，女愛男歡頓作朋。邀飲無須曾相識，締緣但願一宵情。

上揚州

腰纏萬貫上揚州，燕瘦環肥各婉柔。酒可穿腸誰拒醉，色迷心竅死方休。

赤壁懷古賦

赤壁烽煙曠古今，沙場憑弔感殊深。征騎百萬江南去，謀士多番列席參。戰艦連環沉火海，官兵相繼喪弓林。劉備寬容猶重道，曹操狹隘更誨淫。

銅雀樓台空有意，雙喬絕色本無心。周郎智勇英年逝，諸葛襄陽梁父吟。

英雄何價

一

中原逐鹿卅餘載，無數英雄盡落空。諸葛奇謀驚宇宙，周瑜智勇震西東。
樓台銅雀羈喬女，戰地重疆據漢中。三國終歸司馬懿，浮生轉眼夕陽紅。

二

逐鹿中原總不休，烽煙紛起幾多秋？帝王基業群雄奪，領袖威權眾士求；
北伐南征戈作枕，翻雲覆雨腦爲籌。江山贏取悲垂老，悵望斜陽涕淚流。

沐猴盡戴冠

大話連篇推作首，良心公僕迫辭官。是非曲直無由斷，最是沐猴盡戴冠。

魑魅

一

亂世人間多魑魅，國妖禍港釀成災。虎狼見黜千般慶，寺閹承傳萬事哀。

二

逞強打得非治國，媚上功夫更駭人。虎去狐來皆是匪，人間撕裂豈無因。

妓官．諷台官

妓官殊路卻同淵，送往迎來總爲錢。妓女弄情情作假，佞官說法法無天。

和尚頭

總統違規判獄囚，台灣民主世人求。縱觀兩岸貪污事，直說多方各馬牛。

阿扁羈牢依法紀，貪官坐監享優悠。無須爲錯擔刑責，一把遮撐和尙頭。

自欺欺人

蓋世英雄空自許，懦夫豈耐虎狼狐。失疆禍國誰當責，千古罪人付史誅。

反貪

往事潛思興感慨，禍民操控遍神州。貪贓枉法蒼生苦，一鍘難消大地愁。

天九潛龍

天九潛龍技一流，奈無餘力逐侵仇。軒轅兒女新亭泣，小丑嘍囉不解羞。

香港古風一首

牛鬼蛇神併一窩，爾虞我詐起風波。官輕信誓違承諾，熊索酬傭受獄磨。

黑漢歸邊消罪責，南兵接力動干戈。聯盟擁暴財源廣，幫會效忠餉額多。
妖魔攪局無時了，福地從今不復和！

政治

政治原爲纏腳布，長而且臭似殭蟲。委君政代緣何事，半看金錢半奉公。

貪官

劣吏從無循法理，訪民冤死最堪憐。官呑國庫千千億，海外豪揮罪孽錢。

神州事

百姓冤情無路訴，皆緣人治黑昏天。相逢若問神州事，道我同胞不値錢。

天堂遊

縹緲雲端不染塵，相逢都是佛和神。如春四季無寒熱，似錦百花有艷新。
偶見遊踪疑故識，揭開古史憶君臣。當中惆悵唐天子，敢是難忘一太眞？

地獄遊

陰風襲襲勁吹來，呼喝頻頻震耳開。馬面公差提審訊，牛頭惡鬼共參裁。
從寬發落爲私利，違法酌情受賄財。天下烏鴉原一色，人間地獄兩同哀！

天上人間

爲官失責復糊塗，一概冤情禁訪呼。政代違心謳頌語，黎庶反調訴貪污。

革新除弊終難達，儆惡懲奸不敢誅。天上有方馴虎豹，人間無力伏狼狐。

中俄

中俄同黨締盟邦，一是綿羊一虎狼。大幅北疆曾割奉，當時賣國喪天良。

訪民

一

苦民上訪爲維權，縱有情由亦枉然。官動私刑公少理，九州無處不含冤！

二

官吏無須言法理，蟻民冤死最堪憐。擁持強力施高壓，搶奪人間活命錢。

星星火

魯迅文章砭時弊，一心改革勵來人。憒青三戶星星火，燒遍神州毀滅秦。

《南周》

自由言論須爭取，無奈冥頑憍詭多。碧血男兒空灑淚，新時難改舊時痾。

陳光誠

中華崛起復和諧，法治人權歐美楷。世上桃源誰不慕，問君何事走天涯？

李旺揚

自吊方疑他吊死，焚尸滅證鑄冤情。渾無法理何從去？忍作寒蟬可苟生。

年復年

為求統治穩操權，濫殺無辜可釋然。一體貪污誰敢管？深淵墜落復年年！

浮生若夢

一夢醒來成老兒，百年尚有幾多時？輪迴既是無憑物，轉世猶非幻可期。

美酒香醇宜盡醉，良人情意最堪痴。生前喜得名和利，身後風光吊豈知？

海城

一

人去樓空萬事哀，海城無復舊時臺。百年愛國誰知我？惟有陶潛信不才。

二

腸斷孤城衍陌生，家門未入已心驚。芳踪從此無覓處，他日重逢隔世情。

三

海城一步一驚心，搜盡枯腸賦未吟。黯月長宵雲裏過，白燭憐情照濕襟。

四

物是人非百感生，海城難復舊文明。孤鴻踪杳無尋處，遲暮何堪失偶情！

五

擁枕難眠憶昔塵，餘香縷縷益思人。樓臺影杳空遺恨，何日情天續我姻？

六

並蓮綿語播溫馨，太息無期復此情。夜憶前塵閨裏事，漣漣悲淚到天明！

七

淚盡居亭未減哀，觸眸物處惹興唉。幽燈似解愁滋味，伴我長宵繞露臺。

八

撫物思人我衍悲，芬芳未散影依稀。變生俄頃誰能料，橫禍乍來索命時！

贈亦愚兄

作育英才三十載，終身教業一鴻儒。滿門桃李歌師德，海外安居究畫書。

贈傑兄

東坡風格終無改，睥睨強權傲骨身。誰慕長城階上客？況爲宦海泛舟人。

無題

一

匆辭故友念難休，西出陽關又幾秋。日月穿梭空惆悵，天涯一別使人愁。

二

悠悠百載幾多時，轉眼龍鐘不勝悲。勒石燕然空寄望，悼亡潘岳費評辭。

三

博士名銜誠可敬，腰纏萬貫更堪誇。夜郎一族歸郎國，下里巴人下里巴。

故友

一

風雲叱吒一豪雄，靖國安民建偉功。軍旅生涯原是夢，一坏黃土恨無窮。

二

沙場馳騁一英雄，家國千秋自不同。最是無情惟歲月，人間長恨水長東！

傖夫

財大氣粗自古然，傖夫得意眼朝天，渾無史學偏嘵嘴，笑煞鄉關眾梓賢。

冷眼

世情皆可測，人性最難猜。紳士長傳臭，竟然受敬陪。

香港人精神

捍衛自由大學生，喝停六四再屠城。堅持正義爲人本，喚醒良知起共鳴。

受辱

朝辭中土碧雲間，南美逍遙負辱還。壯士戍疆含冤死，問誰領導不汗顏？

過客

一

穿梳日月移今古，老去年華惹悵思。眺望青山高絕處，白雲裊裊繞殘碑。

二

轉世紛排閻殿前，牛頭馬面眼朝天。驚堂木動陰風起，縱是鬼雄亦悚然。

三

陰森地獄大門開，不管阿誰統進來。和尚尼姑梵咒語，招魂指引上瑤臺。

前世定

乾坤造化疑先定，勢比人強倍感辛。敢是枯榮前世事，今生半點不由人。

平權

教育平權匡社稷，誰知政令總難同。為民請命終投獄，法理神州永不公。

言猶在

公開財富言猶在，竟控黎庶妄造謠。志永無辜投黑獄，神州何日鏟人妖。

名利客

紅塵滾滾是非圈，湖海紛爭戰火燃。太息干戈長濺血，猶憂夙怨永難泯。

蜃樓海市原虛幻，憔悴風騷本霧烟。寄語人間名利客，百年始悟最堪憐。

革命大同盟

一

當年革命大同盟，西北東南俱弟兄。往日誓言雲霧散，今時撕裂了殘生。

二

死生與共戰袍情，甘苦同嘗奮勇爭。錦繡河山今取得，換來權鬥枉犧牲。

無題

卑躬屈膝徒招笑，拍馬阿諛自賤身。不負吾生行我素，是非褒貶概由人。

盡醉

一

蒼茫宇宙無終極，百歲人生有竟時。今夕相逢宜盡醉，他朝緣會苦難期。

二

百年歲月須臾過，生死無常嘆奈何。悵望青山荒塚處，復思來日葬身窩。

小丑幻想曲

輾轉難眠掀近史，倭奴侵我惹人悲。妖魔犯錯知多少？小丑思維豈可期。

詩

聲色生涯原夢幻，公卿富貴自非奇。百年過客俄兒事，終古迷情是史詩。

半壁河山

半壁河山恨事多，屢談一統總難和。漁人得利終歸敵，亡國渾非信口河。

城管

一

城管兇殘名遠播，心無惻忍最悲哀。若將剩勇追倭寇，指日收回我釣臺。

二

殘民得逞推城管，仗義執言受亦殃。有法不依庶眾苦，神州今日少天良。

禍國

使館遭轟已忍聲，北疆割讓更傷情。領空機毀徒追究，王偉犧牲任擺平。
島嶼而今猶未復，堵兵從此又形成。郭徐貪瀆軍崩潰，禍國殘官誤眾生。

今日的神州

自古軒轅重六親，而今改革且興新。推行德政宜倫理，尋遍神州望見仁。

何從去

茫茫前路去何從？浪客天涯意轉蓬。俗地由來無淨土，仙山自古不沾紅。
千愁未爲酩酊解，萬事最難入夢中。更靜幽思螢火下，情縈故國血猶濃。

真英雄

誓抗流氓拼死身，驅除鬼怪淨紅塵。是非分析瞭如掌，北俊堪稱不世人。

冷眼客

何方神聖啥威風？指使江湖氣若虹。棒打行人如奉旨，語兇坊眾似因公。
求榮自古無廉恥，趨炎由來有僞紅。冷眼旁觀多樂趣，世情盡在不言中。

登臺

一

躊躇滿志此登台，只是奴材少政才。無限辛勤將數載，徒增白髮倍添裁。
徇私違紀何從去？民怨沸騰鋪地來。五十萬人齊抗議，一腔熱血化悲哀。

二

庸才被黜倍愴然，重出江湖爲戀權。擁抱殘官興感慨，倆情同病起相憐。

幻想曲

妖魔何事獻慇懃？博取垂青可變身。司馬昭心人盡見，果然高位倍迷人。

李國能法官

國能提論審公平，無愧當年享威名。香港精神爲法治，豈容敗政妄施行。

全球華人保釣

戍疆九死一生來，宣示主權我釣台。徒手震驚倭寇艦，憤膺推毀野心胎。
官兵默弔三沙失，志士暗傷六腑摧。盼望神州眞崛起，盡除國恥釋悲哀。

豈無疑

身纏起訴猶司法，任命蹺蹊有可疑。毀證串連言鑿鑿，說謊縱暴詰咿咿。
奴才奉旨行兇日，俠士聞危趕救時。爲虎作倀人共憤，臨崖勒馬未爲遲。

神州點滴

一

權錢社會少文明，誰是誰非鈔論情。冤案神州悲不絕，皆緣法制盡凋零。

二

奧運中華勇健兒，金牌摘取懾群夷。揚眉吐氣期今日，一匾病夫落幕時。

博士

一

博士榮銜確甚威，文憑眞假且休推。權錢自有諂諛輩，那管人間說是非。

二

博士街頭隨處是，似眞猶假究誰知？附庸風雅渾身貴，豈顧他人話白痴。

滿盤皆落索

一

棄愛違心緣護卿，錚錚鐵漢斷柔情。當年鑄錯終身恨，長使男兒涕淚横。

二

當年一別惹相思，情愛擾人苦可知。今世重逢成夢幻，他生緣會更難期。

政黨

一方主子今何在？幾度江山已易人！臺島風雲終莫測，百年政黨百年身！

歲月

歲月無情去不回，人生苦短古今哀。百年究是須臾事，莫負良宵付一杯。

非吳下阿蒙

當年阿蒙已翻身，今日來遊作貴賓。財大氣粗何太甚！香江無奈只緣貧。

就職禮有感

一

就職繽紛戲一場，豪捐大款最馨香。官家不讓青銅美，各領風騷共舉觴。

二

登臺一族令人崇，官頒金牌復褒功。剎那風光非足論，祭餘趣事卻相同。

兩茫茫

共問生平事，直言感沮喪。利名成溯憶，愛恨兩茫茫！

今昔

一

猶憶當年負薄名，往來巨賈共儒生。而今憔悴何堪問，太息榮枯兩極情。

二

風雲際會喜綿綿，落魄生涯自戚然。慨嘆興衰非可料，不堪回首話當年。

三

得失榮枯體會深，炎涼世態費思吟。縱談道義今輸古，泛論諂諛古遜今。

海豐人今昔

昔日吾鄉感自豪，皆緣仗義領風騷。保家衛國無辭險，抗敵匡民不怨勞。
恥見今時爭附勢，復憂此後妄攀高。是非顛倒言情絕，喪盡天良罪孽滔。

塚中人

四強主子今安在？錦綉河山換代頻。萬古同悲唯一死，誰憐蓋世塚中人？

註：四強為中、英、美、蘇；主子是蔣介石、邱吉爾、羅斯福及史太林。

勢利多面觀

抄家劫匪稱藍血，僥倖成王眾肅然。爲媚強權甘自薄，有言不智有言賢。

夢

溯憶長河今古事，偏憐名利最迷人。晨鐘驚醒周公夢，頓悟浮生假幻眞。

俄國風光

北方四島伺機奪，俄國風光復受尊。倭寇空提安保約，美卿無膽闖強門。
人間弱肉成糕點，世上儒夫作棗吞。黃帝兒孫應醒覺，維揚我武始能存！

日本

凌空悵望南千島，聊寄相思意未凋。主子諱談安保約，前原滿腹恨難消。

小丑前原

漁政巡邏咱海域，倭奴越境動干戈。韜光養晦徒聊奈，奮擊侵凌逐惡魔。

北島四方俄割據，卑躬九叩枉呈疏。相如原璧回歸趙，小丑空吟易水歌。

大使

一

菲衙共我血緣親？大使誠邀作國賓。南海歸誰休計較，咱們本是一家人。

二

菲我何來血脈親，分明大使太天真。窮兵黷武呑吾島，盡是流氓敗壞人。

上訪

神州冤案難罄竹，上訪遭逢更可悲。政代成員皆瞎子，昏天黑地惹憂思。

打小人習俗

一

驚蟄橋頭打小人，外夷一見說天眞。濫竽充數終遺禍，嘲笑頻傳自有因。

二

詆譭唐康表至誠，馬涼竟說是馮京。言行幼稚渾無覺，小丑連場爆笑聲。

小賭可貽情

騎師鞍上領風騷，戰馬沙圈八駿圖。未賽奢言生伯樂，競輸迴說滑鐵盧；名人勝負忘風度，玉女輸贏失淑模。奉勸貽情休一擲，慎防賭掉貴頭顱。

註：滑鐵盧即英語 Waterloo，是拿破侖慘敗之處。

蔣嘉琦

一

天生麗質蔣嘉琦，馳騁綠茵展俏姿。顧盼嬌嬈稱絕色，世人傾慕競題詩。

二

技驚四座蔣嘉琦，一策揚名普世知。底事令君掛靴去，空餘倩影惹相思。

上將策

一

一旦研成膠子彈，擦槍無火即無干。武侯按鍵瞞司馬，上將交心換苟安。

二

糊塗司令莫糊塗，忍辱偷生豈丈夫？爲國犧牲眞俊傑，捨身取義世中儒！

八百壯士死守四行倉庫

一

悼念官兵八百名，成仁取義死猶生。媚俄割地無刑責，愧對英靈愛國情。

二

抗日英雄書血史，後人一讀淚滂沱。憤看宵小圖瓜代，世斥荒唐復斥訛。

奸假非訛事

陰謀政變任逍遙，餘孽猶思再反朝。叛國行藏爲重犯，殘民罪咎更難饒。
勁傳奸假非訛事，姑息小人必作妖。賊首嘍囉收監日，神州爆竹動雲霄。

風滿樓

戰鼓頻敲搖大地，鋪天雷雨勢將傾。嘍囉吶喊如狼咆，寨主窺伺似狽瞠；
碧海烽煙恣意釁，藍海殺氣繞風橫。炎黃兒女塡膺憤，寶劍高懸盡夜鳴！

辛亥革命百周年

一

推翻清代百周年，建立中華享主權。民有自由眞可貴，國無外患頌新天！

二

大地長開革命花，富民強國最堪誇。如煙往事休回顧，一統中原爲愛華。

今日中國

戰後山河滿目痍，騷人揮筆淚凝詩。北疆被割心悲憤，海島遭侵腦脹思；宿敵枕戈伺進犯，惡鄰藉故欲相欺。內憂外患何時了？寄望官民莫自歧。

抗日英雄

渾身是膽橫刀笑，直教倭奴一見愁。殺敵精神堪作範，建功家國史長留！

莫忘思

八年抗戰艱辛史，一讀無人不淚垂！血濺南京心隱痛，屍橫遍野腹含悲；同胞命賤如芻狗，宿敵兇殘似惡魑。黃帝子孫應緊記，家仇國恨莫忘思。

戰士遲暮

一

不讓鬚眉一女娃，當年抗日保中華。而今老去成孤寡，淚灑公園看落霞。

二

抗日無須分國共，衛疆一族爲中華。顧今師老功難再，討飯坊間百姓家

飲者樂

劉伶長醉客，應曉酩酊樂！自古酌中人，平生無寂寞！

夢中圓

挫折頻頻幾許年？商機處處總無緣！老驥從今悲伏櫪，東山復起夢中圓！

紀念杜甫誕生千三百年

溯談詩史思詩聖，猶憶當年志士愁！酒肉朱門長溢臭，殍尸路上屢忞蹂！

心憐孤寡無遺力，身繫家邦有重憂！金句騷壇傳萬古，賢才美德頌千秋。

海陸豐人地

海岸綿延擁重疆，抗侵天險作屏障。庶民殲敵名聞世，志士忠思計震荒；

仗義仁行修德性，著書衛道復柔腸，新區舊縣皆桑梓，一脈相承俱炎黃。

忘戰必危

復起中華招世妒，附庸慫主動戈心。長空弔詭風雲急，碧海翻騰界點臨；

縮食儲糧添武備，厲兵秣馬懾仇陰。十三億眾爲家國，不信頑奴敢進侵。

匹夫有責

狂奴挑釁狼煙起，惡霸違規復忘恩。救國匡民群體責，衛疆殲敵萬家馳；
內消矛盾和衷日，外締盟邦解堵時。爲使人間無戰禍，共弘公義誨良知。

今日中華（寫於二零零六年）

東南海域招風雨，勇逐狐狸與虎狼。外挫強夷消氣燄，內擒桀驁滅妖障；
中華改革行仁政，領導優思倡善良。扭轉乾坤成正統，復興古道國泱泱。

豁出去

東海無端三尺浪，窮兵黷武兩蠻夷。中華兒女輕生死，借問人間尚怕誰？

民族情

天水東流淘歲月，秦皇漢武塚生萸。世間萬物皆閒事，民族精神不可無！

民族吟

倭奴猖獗恣挑釁，美霸長懷遏制心。顛倒是非操世局，翻雲覆雨主浮沉。
十三億眾匡家國，一體官兵抗敵侵。熱血未緣橫眼冷，斷炊猶賦性情吟！

功名

將相功名又若何？誰堪日月似穿梭？勸君淡看浮雲事，惜取餘暉共醉歌！

保釣頌

一葉輕舟闖險關，誰憐保釣示權艱？衝鋒陷陣憑機智，勇往直前賴志頑。

不負浮生爲俊傑，苟延殘喘掉人顏！庶黎誓死驅夷狄，愛國精神豈等閒！

美日同掉臉

一

北方四島狀巍峨，夢斷歸期嘆奈何！怯戰迴談安保釣，分明背信棄嘍囉。

二

喪盡人尊覓靠山，倭奴寡恥詡非閒。縱睥竹島迢遙處，蔽日韓旗格外斑！

嚼舌頭

美卿紛訪東盟國，吁堵中華總不休。烽火連天由此起，瘡痍滿目爾無尤？

權錢

權錢社會崇名氣，奴性思維自可悲。邪正是非無一顧，看風駛㡌抹良知。

惡倭奴

倭奴奪島復公售，怙惡淩人仗美儔。憤眾空拳思上陣，防軍實彈誓射仇；
必爭寸土旁無貸，捍衛公民責有攸。敢戰方能償國恥，不辭萬死創春秋。

日本前原誠司

一

前原灑淚濕紅場，難動俄人枉自傷。北島索回成泡影，綿綿此恨復徬徨。

二

誓言北島原歸趙，豈料前原折翼回。項羽當年顯本色，江東父老感榮哀！

三

空炮無煙徒惹笑，前原豎子一廂情。北方四島終難復，若是英雄不苟生。

狼

強國長懷盟主夢，肆無忌憚妄征誰。屢興波浪蒼生苦，頻動干戈宇宙悲；
放縱嘍囉虧法理，恣殲宿敵惘公私。平衡亞太行軍日，圍堵中華進擊時。

血斑斑

一

倭奴自古偏欺我，釣島拘人更野蠻。公眾示威強壓制，滿眼悲憤暗吞還；
馬關舊約堪悲憶，東海新仇事豈閒？百萬雄師無覓處，神州有史血斑斑！

二

倭寇亡華心未死，吾儕防患費思吟。長將史實當殷鑑，訓示兒孫警惕深；
科技鑽研並日進，衛疆武備尖中尋。十三億眾為家國，試問神州孰敢侵？

神州多災難

莽莽神州多憾事，緬懷往日不堪情。北疆被割私相授，使館遭轟禁唬聲；
國庫掏空言鑿鑿，民脂吸盡意盈盈。外侵內憂瀕危際，誰挽狂瀾拯眾生。

臥薪嘗膽

中日從來是世仇，陰謀滅我未曾休。吾儕緊記當年辱，嘗膽臥薪為國籌！

中華魂

美俄縱艦東南海，諷我無能抗暴侵。萬死何辭償國恥，中華兒女一條心。

香港汕尾市同鄉總會

一

創會當年英屬地，深知萬死志無移。敵揮利刃吼聲恫，我拚捐軀悍抗之；

復取共疆驅寇日，珠還合浦迎歸時。晚清一役成殷鑑，華夏驚天眾有期！

二

眾志成城汕尾人，心懷家國勇輕身。東南宵小伺機犯，西南蠻夷肆擾頻；

捍衛邊疆先士卒，長思梓里愛芳鄰。同鄉總會舉旗處，紅透香江萬事春。

河山誰長擁

醉夢威權永不休，百年歲月幾回秋？英雄自古多枉死，呆子由來少煩憂！

諸葛神通悲早逝，周郎智勇苦難留。江山錦繡今誰擁？泉下方知悔妄求！

沙場白骨

歷史長河浪萬重，捐軀爲國竟無封！沙場白骨依然在，長使孤魂見苦容！

興亡史

滄海桑田惹苦吟，緬懷往事更傷心。紅樓夢裏興亡史，長使詩人詠到今！

國慶

一

年年國慶喜悠悠，今日胸懷一重憂。東海漁胞遭捕押，倭奴未戮恨難消。

二

日寇撩非又欲欺，八年蹂躪憶猶彌。十三億眾皆龍種，誰個同胞大漢兒。

白齒狼

一

海牙傀儡荒腔日，白齒豺狼肇釁時。獨有英雄稱本色，斷無魑魅說良知。

二

南海紛爭臨界點，美違公理釀硝災。菲奴緬作馬前卒，日寇淪充炮下灰。

欄王悲不再

爲國爭光是傑雄，競場傳捷挹春風。欄王老去精神潰，浩嘆韶華幾度東！

浮名

人生百載究無多，轉眼龍鍾白髮疏。爲使浮名存萬古，鑴詩史冊共山河。

蟾宮

嫦娥為愛偷靈藥，我重親情致蕩家。眺望蟾宮空懊悔，憑風寄語共長嗟！

兒孫謀

古來父母兒孫謀，只是兒孫有代溝。長大離巢飛燕子，沖天一去幾回頭？

父母心

生兒育女千斤重，萬古誰憐父母心？羽翼一朝成長後，高飛杳杳總難尋！

八旬翁

吾生八十作何思？回首前塵一剎兒。苦讀詩書無寸進，騁馳商海未展眉！

百載

一

百載時空究幾多？光輝剎那枉蹉跎！河山萬古終無改，人世誰堪老死何！？

二

穿梭日月去匆匆，回首前塵一夢中！得失窮通皆是命，古今白骨卻相同！

狂目

上古輕狂眞雅士，今時幾許濫充場。齊奴未見焉知富？銅臭嘔人一老鄉。

古今兩同悲

歲月無情誰可挽？長江最是水流東。徐娘愁對菱花鏡，名將同悲爲白頭！

枉好詩

一

八股文章已過時，之乎者也自非宜。曲高和寡孤芳賞，枉有才華枉好詩。

二

據典言經顯才華，不爲普賞豈堪誇？當今古學非時尚，深奧徒添足畫蛇。

九州民

成功經改九州民，香港遨遊不世身。寄語春風豪放客，莫忘昔日墾荒人！

巧相逢

人間何事巧相逢，說是有緣我認同。但恨無情惟歲月，生離死別太匆匆。

東方巨龍

五千年夢意猶濃，日寇恣侵警放翁。鼓角催傳搖大地，征軍怒吼震前鋒。

戍疆衛國男兒志，馳騁沙場壯士衷。敵愾同仇驅盜賊，盡恢古代漢唐風！

憶甲午

覽史幽思逢甲午，傷心往事淚長泫。一方締約虧公理，滿紙和書盡虐篇。
舊恨難消何日雪，新仇未算幾時還。興師伐罪行天道，直搗黃龍奏凱旋！

八國聯軍

義和團禍震心絃，太后無能太可憐。八國聯軍淪惡匪，一枝孤旅作寒蟬；
擎槍劫殺泯人性，縱火頤明玉石捐。喪盡天良悲末世，難恢古道倍愴然。

黃海

一

韓美欺人端太甚，重臨黃海展軍威。韜光養晦何時了？更使蠻夷妄作非！

二

美韓軍演勢重開，黃海驚濤拍岸來。爲國何妨輕一死，炮轟惡匪動風雷。

汕尾香港文壇

無辭萬苦築平台，邀我詩朋展雋才。學海洶濤終可渡，書山險竣總能推；
弘揚國粹毋容緩，復興古文奮力追。縱眼騷壇紛崛起，香江汕尾動風雷。

汕尾香港詩詞學社衷謝作者惠稿

拋磚引玉築平台，精品連緜惠賜來。創辦詩刊弘國粹，文風薰處百花開！

衷謝李文斌將軍墨寶

仰慕將軍震世名，更曾夢裡識韓荊。惠來墨寶珍如璧，長念人間大雅情。

陳君銳先生

同鄉總會喜逢君，一派儒風復睦群。縱論古今彰博識，砭針時弊顯多聞；
書山百仞登峰勇，學海千尋覓岸勤。不怨文章憎命達，布衣情操建奇勛。

蔣中正

蔣公寬恕小流氓，無奈冥頑罔義方。一念差遲終誤黨，英雄蓋世論何慌！

殲敵

倭寇淩人數不清，東南無處有安寧。百年恥辱今朝雪，殲敵皆緣保太平！

汕尾日報社長王萬然名著《拍磚》集

一

閱讀《拍磚》憶萬然，文章魯調撼群賢。伸張正義弘人道，擲地鏗鏘達上天。

二

網友《拍磚》起共鳴，汪洋納諫聽輿情。華華坦蕩談民主，家國人文萬事興。

真人傑

先賢魯迅眞人傑，諍語鏗鏘擲地聲。喋喋匹夫緣有責，斷炊尤作不平鳴！

戍疆逐北

頤指東南烽火起，艦臨領海更堪危。縱奴奪島違公理，揮劍封門犯法規；
息事寧人招肆侮，韜光養晦惹侵思。戍疆逐北男兒志，爲國捐軀義不辭。

危機意識

風月書生自古多，國家意識又如何？北朝背義萌疏遠，南越棄盟復反戈；
日寇瘋狂尋舊夢，菲奴猖獗播仇歌。藍空硝石充盈處，碧海翻騰譎詭波！

楊永可詩家雅囑為其新作賦詩

一

弘揚國粹任清風，椽筆能當百萬雄。誰道吾鄉沙漠地，詩詞歌賦領先鋒！

二

喜聞金句靡騷海，寫盡世間爾我他。唐代吟家堪眾賞，君詩亦有耐人誇。

導遊

一

導遊粱姐綿綿意，一曲繞樑總是詩。說古談今看艷絕，風流名士箇中思！

二

韜韜名號剛陽氣，不讓鬚眉正此君。道盡貴州今古事，男兒爭拜石榴裙！

末世情

諂諛強貴尋常見，誰重賢愚品格評？仗義俠行嘲笨伯，妄為霸道頌精明。
富恣瞎說皆真理，窮引經文盡偽情。謀利應謀天下利，慕名當慕宇聞名！

憔悴

風雲叱吒衍雄思，路末途窮更可悲。世事無常難預料，我緣憔悴始吟詩！

白了頭

悠悠百載幾多秋？顧我蹉跎白了頭。人世誰堪傷往事，生涯孰料毀今朝；
衣單被薄寒膚骨，病患餓腸缺物療。姑學呢喃樑上語，嗟余失意與無聊！

悔

夜闌燈下不思眠，溯憶前塵苦萬千。世上既無療悔藥，誰能愈我恨連篇？

陶醉

春風得意人陶醉，落拓天涯百感生；霸道妄為多暴富，良知換取朽才名。

古長沙

一

風雲迭起憶長沙，奮戰當年為國家。遍野屍骸誰忍睹？滄桑歷盡一中華！

二

憑吊長沙憶古人，連年征戰幾全身？庶黎傜役無朝夕，帝子何曾念眾生？

黃鶴樓

黃鶴樓台誰見鶴？碧空竟說有嫦娥。古今多少神仙事，都是人間美麗訛。

岳陽樓

良朋齊上岳陽樓，景色迷人滌俗憂。大地由來多聖蹟，生涯無處不風流！

昌黎縣詩詞學會成立五十周年

一

京道昌黎爲要塞，騷人墨客競奔馳。地靈自有眞豪傑，韓愈文宗百代師！

二

昌黎學會延旬秋，稼穡碭陽十載悠。共創詩詞揚古韻，吟旗漫舞震神州！

離愁

一

落泊天涯處處家，牡丹不是舊時花。銀河今夜蒼茫色，難禁離愁幾度嗟！

二

候鳥他鄉念故家，昭君塞外奏琵琶。千山萬水迢遙處，從此晨昏只聽笳！

人間世

一

誠是匆匆數十年，何堪寵辱湧心田？人間冷暖誰先覺？寒士無時不黯然！

二

一敗方知人世苦，連番挫折惹哀思；春風究是無情物，不向寒梅送暖熙！

白眼

一

際遇由來非可料，無端變幻一俄間。風光不再人殊苦，遲暮何堪白眼耽！

二

醉眼矇矓觀世態，自無得失與窮通。秦皇漢武今安在？都是長埋野塚中！

哀哉！文壇

一

當年嫉惡針時弊，魯迅豪情爲世崇。最是文壇今異昔，諂諛拍馬蔚成風。

二

豎子佯狂載酒行，貪杯吟客頌豪情。可憐書氣輸銅氣，羞煞文壇百感生！

冷暖人情

人情冷暖儂嘗透，世態炎涼爾可知。錦上添花隨處是，雪中送炭苦難期！

仁義

春風不解紅塵惡，落魄方知冷酷情。世上長歌仁義好，艱時始見最分明。

古道人

一

今日多非古道人，皆緣不信有天神。若知報應終無爽，作歹爲爲非必斂身。

二

文明社會重人情，法理維權不可輕。德育良知爲國本，舉頭三尺有神靈！

神女

一

神女生涯四十年，巫山面首過三千。多情最是紅朝客，偏喜殘軀裸伴眠。

二

厚祿前頭喜欲狂，爲君解帶又何妨？但求富貴能長享，那顧人間罵妓娼。

三

老去情懷惆悵際，寂寥古井復翻波。金蓮邂逅西門慶，共赴巫山譜愛歌。

今非昔

昔日繁華去不回，香江無復舊時臺。遊行抗議失時序，倡息干戈受制裁。

警衛無方止浪湧，黑邦猖獗似狼傀。世人爲利忘公義，法治凋零百事哀。

一統夢

請莫長思爲大帝，誓言社稷是吾心。可憐釣島若疆北，歸日無期待抗侵。

過客

一

生涯已過古稀時，歷盡滄桑共喜悲。世上無人能不老，青山望處遍墳碑。

二

轉世紛排閻殿前，牛頭馬面眼朝天。驚堂木動陰風起，誰是誰非俱悚然。

三

陰森地獄大門開，富貴貧窮統進來。和尚尼姑梵咒語，招魂指引上瑤台。

良朋

良朋錦注薄雲天，答謝無期我黯然！姑把心聲聊寄意，祝君康健復遐年！

太監

自尊喪盡獻慇懃，跪拜機廂覲主人。恭敬如儀猶被逐，世嘲卑賤一奴臣。

上訪

冤民上訪慘遭攻，天子檐前未斂兇。民憤難消洪水決，神州無處不傷衷。

艾未未

羨慕豪情勝少年，大師心願志爲先。堅持憲政終投獄，勇抗不移我肅然。

中華大地

一

中華崛起從何說？外侮堪虞事可哀。白齒豺狼頻擾局，嘍囉仗勢釀成災。

二

漁胞公海受韓欺，崛起中華不敢提。衛國防軍無覓處，人民憤慨復傷悲。

三

諸侯維穩壓爲先，連海鳴鑼罪犯天。官令傳媒瞞腐敗，警毆訪女禁伸冤。

多宗審判無循例，無數法官受賄錢。枉案難翻憐苦主，神州何日有民權？

北社村

黃金蔽日復瞞天，制毒傾銷慶十年。悍匪奸官連一氣，九州回首我惶然。

虛名輩

恥聞人代虛名輩，不解民權律理書。學界精英無不哂，更評豎子法盲豬。

黃臺之瓜

無愧香江稱首富，超人智慧世皆知。刊登廣告披前史，勸息干戈引古詩。

再摘黃瓜催滅族，重修惡法毀生基。忠言逆耳空靈藥，難怪箇中枉賦辭。

憶文革

文革十年驚世界，翻天覆地惹幽思。飢胞覓路求生去，苛政興兵縱犬追。

碧海浮尸隨浪動，荒山餓殍趁風移。神州此日將何似？一片愴惶不勝悲！

逃亡記

一

驚天動地逃亡去，怒海滄茫杳見涯。華夏何堪誰作主，赤塵無處不傷懷！

二

山窮水盡何從去？荊棘滿途最苦情。骨肉乖離千里外，避秦萬死慶重生！

枉得農地

農地當年枉得來，而今褫奪感悲哀。薙人頭上人回薙，天理循環亦快哉。

毒奶粉

一

毒嬰奶粉震環球，苦主索償枉判囚。企業爲錢人草芥，當思體制毀神州。

二

奶粉殘嬰撼九州，上書揭罪受冤囚。可憐連海良知輩，拚命拯民失自由。

哀大地神州

渺渺回眸百事哀，神州不是舊時臺。水源污染滋生菌，農地含鉛種植衰。

劣吏貪婪狂受賄，土豪肆意釀鄉災。良言勸善終難改，道德沉淪末日來。

夕陽紅

方見東邊騰旭日，回眸已是夕陽紅。曇花美絕須臾事，悟徹浮生夢幻同。

石頭記

景物依稀人事改，空餘天地日悠悠。石頭記載堪回味，奉勸殘生莫強求。

乞憐

乞憐擺尾封人代，一得虛榮失自尊。爭寵媚歌甘不韙，是非顛倒豈堪論！

懷故友

一

摯友相逢長廿載，而今重聚喜連綿。風雲叱吒當年事，睥睨強權昔日弦；

自古英雄多感慨，從來醉客少愴然。星移物換推人老，江水東流去不旋！

二

知己相逢何激切，縱談今古倍神馳。酸甜苦辣同嘗透，憔悴風騷共勉之。

闊愛未緣長別薄，朋情更為遠離彌。河山依舊容顏改，老去年華不勝悲。

時也

一

時來作國賓，勢去若灰塵。憔悴卑微物，風騷顯赫身；

江河流逝急，日月繞行頻。飲者無寥寂，爭為醉夢人。

二

去夕青絲見，今朝竟雪霜。誰能長不老，惟有覓黃粱。

天上神仙事，人間陸怪光。烏鴉啼暮處，生死兩茫茫！

樊籠

樊籠一入日如年，長念悲情夜不眠。昔日俏容不復見，此時倦態震心絃；
至親百結肝腸斷，良朋千絲肺腑牽。萬劫歸來猶隔世，從今重過太平天。

光怪陸

鬻國金腰帶，倡良控播邪。人間光怪陸，那得不興嗟！

四野

四野無聲午夜天，憂思起伏擾人眠。前因後果總難斷，往事分明未化煙。

海峽兩岸

一

兄弟相違六十年，天涯咫尺夢魂牽。親疏有別知留去，敵我分明辨歹賢。
兩岸和談消戰禍，蒼生展望復團圓。是非曲直前時事，恩怨情仇一笑泯。

二

台海無端三尺浪，燃枝煮荳勢重來。軒轅血脈情何在？不肖兒孫最可哀！

主浮沉

風雲多變倍驚心，南北東西盡掠侵。富國強兵齊努力，乾坤扭轉主浮沉。

美日兩人魔

猙獰面目倆人魔，詭計多端共倡和。圍堵中華心狠辣，三軍奮擊蕩風波。

美日一家親

卑微日寇崇洋主，獻盡殷勤作倀臣。海域東南狂縱艦，碧空領界肆航巡。

普京對敵還顏色，習總泯仇重智仁。爲使魔頭長寵幸，倭奴低首夜陪賓。

汕尾關帝君

氛氳紫氣沖牛斗，義薄雲天世仰賁。手執偃刀光日月，心懷仁德耀乾坤；

人忠家國彰名節，身困曹營念仲昆。聖像當前魔辟易，生爲豪傑死爲君！

賀大德媽祖廟擴建誌慶

一

二

默娘生具女英姿，救難扶危百代思。身故晉封爲聖母，更尊天后世長儀！

生作精英死女神，人間敬仰塑金身。光榮最是傳青史，天后慈悲萬載恩。

三

大德廟前恭媽祖，心香一炷表虔誠。神恩庥處皆歡樂，長庇人間享太平！

故鄉古廟

故鄉古廟憶猶新，今日重遊倍感親；佛祖慈祥眞寶相，一方坐鎮佑良民。

童年故宅

童年故宅憶依稀，此日重臨景物非。驚悉親朋多萎謝，喜聆羈客湧榮歸。

船燒赤壁阿瞞哭，錯失荊州關羽欷。苦短人生今古恨，傷心莫過願相違！

中華兒女

崛起中華招嫉妒，蠻盟仗勢欲鯨吞。將軍無懼沙場死，筆吏甘爲氣節魂！

關鍵時刻

海域無端三尺浪，問君遏敵有何方？龍人不作懦夫事，核武酬仇派用場。

窮途

韶光駒過隙，事物瞬更新。方聽晨鐘響，又傳暮鼓頻。

英雄悲末路，花卉嘆殘春。日效樑中燕，夜思去國人。

人生苦短

故人多老病，相見怕詢年。白鶴排先後，烏鴉伺當前

生離悲血淚，死別苦黃蓮。縱有輪迴事，誰堪隔世天。

老

由來少問老，多病方惹思。前塵猶昨日，轉眼風燭時。攬鏡疑非我，對影寧不悲？

當年攀桂志，心願付清漪！想是仙緣薄，難酬素娥痴。新陳無情物，謝花難再孳。

代有英雄輩，誰可長展眉？浮生華胥客，終到歸眞期。

今日美國

一

拜登耍賴禍全球，洩密荒唐震世憂。亡國皆緣妖孽起，東升西降豈無由。

二

總統昏庸事事哀，滿朝文武幾英才？百年霸業臨更迭，恨者歡呼愛者唉！

古喻今

鑑古喻今堪玩味，狐憐兔死黯然悲！項王兵敗烏江日，韓信難逃授首時！

論政

世人論政可殊同，黑白是非莫背公。逆勢英雄多坎坷，識時務者盡春風。

兩岸

台海無端三尺浪，燃枝煮荳勢重推。軒轅血脈情何在？不肖兒孫最可哀！

革命

溯憶前賢萌革命，捨身護國是初衷；內懲惡霸除時弊，外懾強仇棄動戎。

律己維廉堪作範，待人重道釋仁風。驕奢淫佚違天理，錦繡河山枉付東。

際遇

時來得意虎龍吟，運去蕭條感慨深；親故相逢如陌路，只緣際遇昔殊今。

緣未了

百載韶光駒過隙，得失窮通兩惶然。世無不老長生藥，情斷人間未了緣。

功名是非

白馬寃魂憶子胥，劇憐明哲豈相違？人間道義無今古，世上功名有是非。

滿城風雨

滿城風雨徬徨際，體驗賢愚斷是非。喜見艱時眞漢子，沒緣利弊定從違。

何事走天涯

公平社會衍和諧，法治人權爲世楷。名冠明珠人羨煞，仲儀何事走天涯？

孰輕重

台陸分離皆我土，北方割地幾時歸？勇爭內鬥怯戎狄，慨歎吾人妄自菲。

憶友

一別天涯音訊絕，死生未卜念如絲。挑燈夜語成追憶，來世重逢更難期。

附　楊逸詩餘

憶江南

長嘆息，看海域遭侵，萬里海疆波浪急，還將恨淚暗中吞。兵士幾時臨？

憶江南　空餘恨

焉無恨，往事未如烟。時在人前長嘆息，此身何去費周旋。悲戚更愴然！

浪淘沙　人生

把酒論英雄，歷史長虹。神州自古有潛龍。錦綉江山人虎視，處處兵凶。相聚太匆匆，一別難逢，今生緣會此時終。來世兩情再締合，問卜蒼穹！

鷓鴣天　貴妃

傾國傾城一貴妃，天生麗質世長非。祿山作反緣涎色，郎舅胡爲犯法規。昏黑地，氣偏衰，神人共憤事堪悲。六軍不發終須死，絕代嵬坡埋是非！

浣溪沙　異鄉客

落寞匆辭故里天，傷心墜淚哭長川。思潮起伏夜難眠。惟有花兒能再綻，斷無人老又童年。持杯長醉惜當前！

菩薩蠻　彭大將軍

一心革命當年激，橫刀立馬功名赫。方得意人生，那知山岳崩。沙場馳騁急，偉業千秋立。萬語訴民求，換來罪斷頭。

鷓鴣天　陳君銳

嫉惡如仇俠客心，世間幾許費思吟。弘揚劇藝延傳統，強化文風壯士林。凝聚力，海般深，蒸蒸名氣故鄉人。無聞寂寂前時事，虎嘯龍吟震闕塵！

鷓鴣天 香港廣東汕尾市同鄉總會

立會當年抗港英，恩仇愛恨最分明。衛疆保土堅心意，聯社安邦傾摯情。爲報國，願頭輕，乾坤扭轉顯才能；珠還合浦昇平日，頌我中華萬事興！

蝶戀花 詠汕尾

汕尾人民多俊傑，拼搏精神，勤奮誰能越？尚武擅文遵理哲。琴心劍膽浮生節！報國心中流熱血，公益思維，意志清如澈。仗義俠行何壯烈！盡教惡客終泯滅。

附 對聯

贈陳君銳會長聯

胸懷萬卷揮花筆；腹貯一方報國情。

贈香港墨魚大王黃俊新先生聯

品畫評書彰灼見；談今說古顯儒才。

贈曾憲鑑主任聯

論理引經驚墨客；辯才釋義動儒容。

贈連家生書法家聯

書源古體爲今範；字創新模貫昔風。

贈林大坤畫家聯

藝創巔峰方有譽；畫緣聖手始無瑕。

贈莫憂書法家聯

莫愁亂世無知己；憂患人間有激情。

贈黃梅芳女士聯

一

梅號國花驕百卉；芳飄帝苑傲千叢。

二

梅樹堅貞增秀韻；芳蘭雅潔釋清香。

賀余遠鑒《海陸風光》付梓聯

海陸二家原一縣；風光八面創雙雄。

對聯偶賦

海豐會裏潛龍虎，桑梓圈中蘊棟材。擁護中華文化國，弘揚海縣性情人。

聚舊推賢光海縣，革新重法振儒邦。海豐會裏無榮辱，桑梓前頭少炎涼。

多才行義辭尸位，少學能諛得素餐。士甘焚死今輸古，人乞祭餘古遜今！

太后垂簾行帝令，蓮英取寵拼諛情！五斗壓腰腰盡折，一奴拍馬馬長嘶！

跋

家兄逸先生，早歲馳騁貨殖之場，成就非輕，飲譽香江。探其緣由，早有跡矣。兄自一九六零年代就讀於香港專上學院，已儼如學生領袖。時臺灣教育部接待海外學生，家兄曾與愛爾蘭籍關寧安神父周旋，始得領隊成行。至臺後，得抗日名將薛岳將軍協助解決在臺所遇困難。回港後，與友籌辦 'Kenny English College'，並期獲美國資助，惜甘乃迪總統被刺而亡，校亦易手而事寢。兄曾任日本「Pioneer 週刊」特約記者，後因刊方作出不合理，卻關乎民族大義事情而辭職。觀其出道之初，已不甘爲下臣，且具民族氣慨。營商之經驗足矣，則聯絡歐洲諸商，入口建材，成業界翹楚。嘗任海豐同鄉會主席，廣結時賢，推動會務，積極與國內交流，對民族統一振興，期期於心。晚年用心辭藻，沉醉詩歌，棄錙銖而不計較，握竹管而書胸懷。故觀其詩詞，莫不隱隱然期盼家國之興也。兄爲詩，其婉約處，泉出高山，如美人之攬鏡，香薰綺袖；其激昂處，如大漢之擂鼓，震動人心。其詩詞付之剞劂，謹綴數言以記因果。

辛丑大雪楊永漢跋於孔聖堂

香港廣東汕尾市同鄉總會
Confederacy of HongKong ShanWei Clansmen Limited
香港九龍旺角彌敦道707-713號銀高國際大廈8樓全層
8/F. Silvercord International Tower, 707-713 Nathan Road, Mongkok, Kowloon, HK.
電　話：(852) 2573 2057　　網　址：www.hkswc.com.hk
傳　真：(852) 2838 7939　　電子郵箱：chkswc@gmail.com

香港汕尾「詩詞學社」社長在慶典中的書面發言

主禮嘉賓、汕尾市黨政領導、嘉賓們、方家們、大家好!

香港汕尾詩詞學社在香港廣東汕尾市同鄉總會的正確導下，於今年四月初旬順利組成。學社隨即發起徵稿啟事，獲得汕尾日報王萬然社長、汕尾書畫院陳泗偉院長、海豐文學主編余遠鋆先生、汕尾詩人、作家楊永可先生、香港詩詞學會會長唐大進先生、天下文壇詩人網主（旅美台人）秋靈女士以及各界友好、方家們鼎力推介之下，稿源如雪花紛紛飄來。除國內各省市，港澳台地區外，更有來自美國、加拿大、法國、德國、泰國、越南等國家的華裔詩人，都踴躍惠稿。是次徵稿，不但反應良好，而且量質俱豐，令人振奮、鼓舞！

詩以言志，詩以抒情。詩是富有生命力的一種文學體裁，同時詩的影響力是永恆的，更是無遠弗屆的。古代著名詩人如屈原、杜甫、以至近代的魯迅於今依然為國人緊緊牢記著，就是因為他們遺下扣人心弦的愛國憂民的高尚情操詩篇，恆古猶新！

香港汕尾詩詞學社負有三個使命：一是著重緊密聯繫香港汕尾籍的詩人、作家同心同德，唱響家鄉歷史和文化；二是誠邀世界各地區的華裔詩人，加入學社共同努力、發揚古國固有優良傳統文化；三是鼓勵每位詩社成員及有聯繫的詩人、作家效法古代愛國愛民的精神，多寫一類關懷國家、熱愛人民及高尚思想品德的作品，冀能使我民族優良傳統素質的提高，更責無旁貸地傳授祖輩的豐富文化底蘊，啟動和孕育我們聰惠的青少年，特別是對就體詩詞的學習興趣。本人深信這三個使命，在各界熱愛國家人士全力支援下，必有成果。

香港汕尾市詩詞學社成立以來，深得社會各階層人士認同和鼎力支持，本人代表學社藉此機會再次表達衷心感謝！最後恭祝各位身體健康、萬事如意！

詩詞學社社長：楊逸
2012年10月13日

香港汕尾「詩詞學社」社長，在慶典中的書面發言

楊逸吟草

昌明文叢 A9900009

作　者　楊　逸
責任編輯　蘇　輗
發行人　林慶彰
排　版　游淑萍
總經理　梁錦興
封　面　菩薩蠻數位文化有限公司
總編輯　張晏瑞
印　刷　博創印藝文化事業有限公司
出　版　昌明文化有限公司
桃園市龜山區中原街32號
電話 (02)23216565
發　行　萬卷樓圖書股份有限公司
臺北市羅斯福路二段四十一號六樓之三
電話 (02)23216565　傳真 (02)23218698
香港經銷　香港聯合書刊物流有限公司
電話 (852)21502100
傳真 (852)23560735
ISBN　978-986-496-596-0
二〇二二年一月初版
定價：新臺幣二八〇元
如有缺頁、破損或裝訂錯誤，請寄回更換

楊逸吟草

國家圖書館出版品預行編目資料

楊逸吟草 / 楊逸作. -- 初版 . -- [桃園市]：昌明文化有限公司出版；臺北市：萬卷樓圖書股份有限公司發行, 2022.01
面；　公分.--（昌明文叢；A9900009）
ISBN 978-986-496-596-0（平裝）

851.487　　111000634